Deseo™

Al borde del amor

HEID

W9-DAS-539

WITHDRAWN

HARLEQUIN™

Editado por HARLEQUIN IBÉRICA, S.A.
Núñez de Balboa, 56
28001 Madrid

I.S.B.N.: 978-84-687-2766-0
Depósito legal: M-2649-2013
Editor responsable: Luis Pugni
Fotomecánica: M.T. Color & Diseño, S.L. Las Rozas (Madrid)
Impresión en Black print CPI (Barcelona)
Fecha impresion para Argentina: 21.10.13
Distribuidor exclusivo para España: LOGISTA
Distribuidor para México: CODIPLYRSA
Distribuidores para Argentina: interior, BERTRAN, S.A.C. Vélez
Sársfield, 1950. Cap. Fed./ Buenos Aires y Gran Buenos Aires,
VACCARO SÁNCHEZ y Cía, S.A.

Capítulo Uno

–Esto es un montón de trabajo. No sé cómo puedes hacer esto todos los días.

Kara Kincaid se rio mientras pasaba otra página del catálogo de catering abierto sobre la mesita frente a ellos.

–Y yo no sé cómo te las apañas para dirigir una cadena con docenas de hoteles de lujo. A mí me parece muchísimo más fácil revisar listas interminables de invitados y seleccionar menús de siete platos que mantener a flote un negocio como el tuyo –le contestó al prometido de su hermana mayor.

Eli Houghton era alto, guapo, de ojos castaños y pelo del mismo color, y tenía un cuerpo que hacía que se le hiciese a una la boca agua.

–Me parece que te infravaloras, querida –le dijo Eli, sonriéndole de una manera que hizo que el corazón le palpitara con fuerza–. Tenemos talentos distintos, pero tú también has triunfado.

–Sí, pero Houghton Hotels and Resorts vale millones de dólares, mientras que Prestige Events es un pequeño negocio que yo dirijo desde casa.

Estaban sentados en un sofá de cuero negro en el impresionante despacho de Eli, que estaba en una novena planta. Normalmente, sin embargo, se reunían en casa de ella, en Queen Street, para hablar de los preparativos de la boda.

Le encantaba su casa, una bonita vivienda en el barrio francés construida a principios del siglo XIX que había restaurado meticulosamente. Sin embargo, a veces le preocupaba un poco que el dirigir su negocio desde casa diese una impresión equivocada a sus posibles clientes. Quizá debería considerar buscar una oficina de alquiler.

Quizá incluso podría alquilar un edificio pequeño. Así podría tener un saloncito donde dar a probar a sus clientes los distintos menús entre los que podían elegir para su evento, e incluso almacenar allí adornos reutilizables para no tener que alquilarlos de los proveedores. Tal vez hasta podría contratar a un ayudante –y algún día incluso más de un empleado– para que le echara una mano, ya que hasta entonces se había ocupado ella de todo.

No podía decir que le pesara. Al fin y al cabo Prestige Events era la niña de sus ojos, su propio negocio, en el que había decidido embarcarse en vez de trabajar en la empresa familiar. Sin embargo, estaría bien por una vez no tener que responsabilizarse de todo.

–Ten fe y dale tiempo –la voz aterciopelada de Eli la devolvió a la realidad–. Si sigues como vas estoy seguro de que dentro de unos años estarás organizando la boda de una de las hijas de Obama.

¡Qué suerte tenía su hermana!, pensó Kara con envidia. Era una suerte que estuviera sentada, porque el encanto que destilaba aquel hombre y la ca-

4

lidez y sensualidad de su voz le hacían derretirse por dentro.

Se aclaró la garganta, inspiró profundamente y se irguió en el asiento. No podía dejar que la afectase de ese modo. ¡Era el prometido de Laurel, por amor de Dios! En menos de un mes estarían casados.

No podía negar que lo encontraba atractivo, pero probablemente le ocurriría lo mismo a cualquier otra mujer de Carolina del Sur con sangre en las venas. De Carolina del Sur, o de cualquier otra parte de la costa este.

Y sí, tampoco podía negar que cuando eran adolescentes había estado coladita por él, ¿pero qué chica del instituto no había estado loca por Eli, el chico que jugaba en el equipo de rugby?

Bueno, la verdad era que por aquel entonces Laurel no había mostrado mucho interés por él. Sus hermanos y ella siempre habían sido amigos de aquel chico solitario que vivía con los Young en su misma calle, pero la relación entre Laurel y Eli no había comenzado hasta años después, y solo hacía unos meses que se habían comprometido.

Y no era que no se alegrara por ellos, pero no le era nada fácil organizar una boda cuando la novia era su hermana y el novio un hombre por el que había bebido los vientos durante los últimos diez años.

Pero estaba esforzándose por hacerlo lo mejor posible. Y para eso, para que fuera la boda del año, tenía que dejar a un lado el torbellino de sentimientos que se revolvía en su interior. Para ella aquello suponía un reto tanto personal como profesional.

Alargó el brazo para tomar sus gafas y se las puso. En realidad no las necesitaba para ver de cerca, pero la hacían sentirse más segura y en esos momentos un poquito más de confianza en sí misma no le iría mal.

–Cuando Laurel y tú hayáis decidido qué queréis que se sirva en el cóctel será más fácil reducir el número de opciones para el banquete –le dijo a Eli–. Y esa parte te gustará, porque entonces podréis probar distintos menús antes de elegir uno.

Eli se echó hacia atrás, apoyando los brazos en el respaldo del sofá y cruzando una pierna sobre la otra.

–Creo que deberíamos dejarle eso a Laurel. No querría que nuestra primera pelea fuera en el cóctel el día de nuestra boda porque te pedí que pusieran pollo frito en vez de canapés de cangrejo.

Kara miró su reloj. Su hermana se estaba retrasando, y ya iban más de veinte minutos. Habían acordado verse los tres allí, en la oficina de Eli, para no trastocar la apretada agenda de él, pero si su Laurel no llegaba pronto sería precisamente eso lo que ocurriría.

–Seguro que Laurel llegará enseguida –le dijo a Eli.

Él asintió con la cabeza.

–Pues claro; no hay problema.

Parecía tan seguro… y tan paciente. Más paciente de lo que sería ella de estar en su lugar, pensó Kara.

En todo el tiempo que llevaba organizando eventos había tenido que tratar con novias nerviosas, malcriadas y algunas exigentes y puntillosas, pero nunca con ninguna que mostrara tan poco interés como su hermana.

Claro que la situación tampoco era normal, con todo por lo que estaba pasando su familia desde hacía unos meses. Su padre había sido asesinado, habían descubierto que había llevado una doble vida y que tenía un hijo de otra mujer, y encima su madre había sido acusada de haberlo matado.

Aunque su padre les hubiese ocultado cosas y su madre se hubiese sentido dolida, Kara se negaba a creer que hubiese sido capaz de algo así. Su madre no mataría ni a una mosca. ¿Cómo iba a pegarle un tiro en la cabeza al hombre que había sido su marido cuarenta años?

No, era imposible, y sus hermanos eran de la misma opinión: no tenían la menor sombra de duda de la inocencia de su madre. El fiscal no lo veía así, pero por suerte había salido a la luz cierta información que en principio había permitido al menos que le concedieran a su madre la libertad bajo fianza: habían visto a un misterioso desconocido entrando en las oficinas del Grupo Kincaid poco antes del asesinato.

Con todo eso era normal que Laurel tuviera demasiadas cosas en la cabeza y no lograra concentrarse en su boda, pero aun así le parecía extraño que su hermana no tuviese una idea definida de cómo quería que fuese su boda. La mayoría de las mujeres habían imaginado muchas veces cómo sería para ellas la boda perfecta. Era algo con lo que una empezaba a fantasear cuando llegaba a la pubertad.

Por ejemplo, no había conocido todavía a ninguna novia que no tuviera claro qué colores quería para las flores de la iglesia y los vestidos de las damas de honor, o que no tuviera una idea de cómo quería que fuese su vestido.

Laurel había decidido que iba a llevar un vestido *vintage* de los años veinte en un tono vainilla, pero solo porque ella no había hecho más que insistirle en que era necesario que se decidiese pronto para que la modista tuviera el tiempo suficiente para hacerle al vestido los arreglos necesarios.

Tampoco había conocido a ninguna novia que se presentara tarde cada vez que se reunían, ya fuera para elegir las flores, fijar el día de la despedida de soltera, o hacer el ensayo de la ceremonia.

Se preguntaba si Eli no se habría fijado también en la peculiar actitud de su prometida y si no lo tendría tan perplejo como a ella, aunque parecía que, o no se había dado cuenta, o no le molestaba que Laurel llegase siempre tarde. La verdad era que no se le veía preocupado en absoluto; ni siquiera por lo que la boda iba a costar. Era tradición que fuese la familia de la novia la que corriese con los gastos, y para ellos desde luego el dinero no era un problema, pero como estaban envueltos en un mar de problemas Eli le había dicho a Kara que le enviara a él todas las facturas.

Aquel gesto no la había sorprendido en absoluto. Eli siempre había sido amable, generoso y comprensivo. Como había crecido en hogares de acogida sabía lo que era no tener nada, y aunque había logrado hacer una fortuna, no era un mísero avaro.

Solo esperaba que siguiese siendo igual de benévolo cuando viese las facturas que se le venían encima. La cifra ya ascendía a las seis cifras.

Mientras los segundos seguían pasando, marcados por el pesado tictac del antiguo reloj de pie que había en la pared opuesta, Kara se preguntó qué otros detalles podría discutir con Eli sobre la boda hasta que llegara su hermana.

Podría volver al principio del catálogo de catering y explicarle con más detenimiento todos los platos entre los que podía elegir, pero estaba segura de que él se daría cuenta de que lo que estaba intentando: ganar tiempo.

Por suerte no fue necesario, porque justo en ese momento se abrió la puerta y entró Laurel, tan femenina y chic como siempre. Era una auténtica belleza, como su madre, y siempre había tenido varios pretendientes, aunque hasta su compromiso con Eli no había parecido demasiado dispuesta a decantarse por ninguno.

—Perdonad que llegue tarde —murmuró sin mirarlos a los ojos mientras guardaba en su bolso de diseño unas enormes gafas de sol.

Eli, que se había puesto en pie en el momento

en que había entrado, fue junto a ella y la besó en la mejilla.

–No te preocupes; tu hermana me ha tenido de lo más entretenido. Al parecer podemos elegir entre no sé cuántos canapés y aperitivos para el cóctel –le dijo–, pero bueno, ahora te lo explicará a ti también –añadió dirigiendo una sonrisa a Kara.

No parecía incómodo en absoluto ante la idea de tener que volver a oírla recitar el catálogo, y eso la hizo sonreír.

Laurel sonrió también, pero la sonrisa no alcanzó sus ojos, y su expresión era tensa. De hecho, como advirtió Kara en ese momento, estaba apretando con tanta fuerza el asa del bolso que tenía los nudillos blancos.

–¿Podemos hablar? –le preguntó a Eli bajando la voz. Luego, mirando a Kara, le dijo–: Lo siento mucho, ¿pero podríamos hacer esto en otro momento? Necesito hablar con Eli; es importante.

–Claro –respondió Kara poniéndose de pie para recoger sus cosas.

Con las carpetas debajo del brazo, iba a dirigirse hacia la puerta, pero se detuvo un momento frente a la pareja. Eli estaba muy relajado, pero Laurel irradiaba tensión.

–Llamadme para saber qué otro día podemos hablar –les dijo, y le apretó suavemente el brazo a Laurel para que supiera que estaba preocupada y que podía contar con ella.

Luego salió cerrando despacio tras de sí y rogó por que no se tratara de nada serio.

Más tarde, cuando estuviera en casa, llamaría a Laurel para saber qué estaba ocurriendo.

Que Laurel se hubiese puesto tan seria de repente y que le hubiera pedido a su hermana que se marchara hizo intuir a Eli que algo no iba bien.

Esperaba que no fuese nada grave. Bastante mal lo estaban pasando ya ella y el resto de su familia con todo por lo que estaban pasando.

Claro que, si hubiera alguna novedad en la investigación del asesinato, lo normal sería que hubiera querido que Kara lo escuchara también en vez de pedirle que los dejara para hablar a solas.

Aquel pensamiento lo hizo fruncir el ceño.

—Ven, sentémonos —le dijo, y al tomarla de la mano vio que la tenía helada—. ¿Va todo bien? —le preguntó cuando hubieron tomado asiento en el sofá.

Por el modo en que insistía en rehuir su mirada era evidente que algo no iba bien.

—Lo siento, Eli —la voz le temblaba un poco a Laurel. Finalmente alzó la vista hacia él, e inspiró profundamente, como armándose de valor para decirle lo que le quería decir—. Lo siento —dijo de nuevo, y luego las palabras brotaron de sus labios como un torrente—, pero me temo que no puedo hacer esto, no puedo seguir adelante con la boda.

Por un segundo Eli creyó haber oído mal.

—¿Cómo?

Laurel se puso en pie como un resorte y arrojó

11

su bolso al sofá para después rodear la mesita y ponerse a andar muy agitada arriba y abajo.

–Cometimos un tremendo error –dijo retorciéndose las manos–. Nos precipitamos. Y aunque al principio pareciera que era una buena idea, las cosas han cambiado –se detuvo y se volvió hacia él dejando caer los brazos–. Mi vida ahora mismo es un desastre, Eli. Han matado a mi padre, mi madre está acusada de haber cometido el asesinato, de repente tengo un hermanastro que no sabía ni que existía…

Aunque le temblaba la voz, sus palabras estaban marcadas por una firme convicción.

–Has sido un gran apoyo para mí en estos meses, y mi madre se ha estado comportando con una entereza increíble, siempre con una sonrisa en los labios, diciéndonos que siguiéramos adelante con la boda… –inspiró temblorosa y dejó escapar un suspiro–. Pero no puedo hacerlo. Todo mi mundo está patas arriba y no sé qué ocurrirá mañana. No puedo casarme, por mucho que decepcionemos a todos. Lo siento.

Eli se quedó sentado en silencio, viendo cómo los ojos verdes de Laurel brillaban por las lágrimas contenidas, y cómo sus labios apretados temblaban mientras aguardaba su respuesta.

Se preguntó si esperaba que se enfadase, que se pusiese en pie, rojo de ira, y empezase a gritarle por haberle hecho malgastar su tiempo y su dinero. O quizá pensase que no iba a consentir un cambio de planes, que insistiría en que siguiesen adelante con la boda a pesar de que ella estaba pasando por un infierno con lo que estaba viviendo su familia.

Probablemente debería sentirse así… al menos hasta cierto punto. Después de todo estaba dándole la patada, dejándolo tirado. ¿No debería estar indignado, herido en su ego masculino?

La verdad era que ni siquiera se sentía especialmente decepcionado. Extrañamente el pensamiento que cruzó por su mente en ese instante fue que los ojos de Laurel no eran de un verde tan intenso como los de su hermana Kara.

Eran bonitos, por supuesto, y no había duda de que Laurel era una mujer encantadora, pero el verde de sus ojos tendía más al jade, mientras que los de Kara eran de un verde intenso y brillante que le recordaba al verde esmeralda de las marismas de Carolina del Sur.

El hecho de que se le estuvieran pasando por la cabeza pensamientos así en un momento como ese probablemente era un signo de que Laurel tenía razón en que deberían cancelar la boda.

Tal vez lo de los problemas por los que estaba atravesando su familia solo fuera una excusa, pero la verdad era que él también estaba empezando a pensar que era posible que sencillamente no estuvieran hechos el uno para el otro.

Lo suyo no había sido nada increíblemente romántico, como un flechazo repentino, ni mucho menos. Él había llegado a ese punto en que un hombre considera que tiene que sentar la cabeza, y le había parecido que Laurel podría ser una buena esposa. Habían crecido juntos, habían sido amigos durante años, y cuando le había propuesto matrimonio, ella había asentido con la cabeza y lo había besado en la mejilla. Y siendo sincero consigo mismo, su manera de pedirle que se casara con él tampoco había sido muy romántica; había parecido más una proposición de negocios.

A partir de ahí los acontecimientos se habían ido sucediendo de un modo sistemático y bien planificado, igual que la vida de ambos, cuyo día a día estaba sistemáticamente planificado.

En ese momento Eli cayó en la cuenta de que en todos los meses que llevaban comprometidos ni siquiera lo habían hecho, y el hecho de que ni siquiera le hubiera parecido inusual debería haber hecho sonar en su cabeza las señales de alarma.

Se levantó para ir junto a Laurel, la asió por los brazos con suavidad y escudriñó sus ojos preocupados antes de inclinarse para reconfortarla con un beso en la mejilla.

–Lo entiendo –la abrazó con ternura y se echó hacia atrás para darle ánimo con una sonrisa–. No te preocupes por nada. Yo mismo hablaré con Kara para que lo cancele todo. Tú ocúpate solo de tu familia y de ti.

Vio cómo la tensión de Laurel se disipaba.

–Gracias –murmuró ella apoyando la cabeza en su hombro–. No sabes cómo te lo agradezco.

–Quiero que seas feliz, Laurel. Lo último que querría sería que te casases conmigo porque lo vieras como una obligación y que fueras desdichada.

Ella levantó la cabeza y le sonrió, con los ojos llenos de lágrimas, pero esa vez de alivio.

–Eres un buen hombre, Eli, y algún día serás un marido maravilloso para una esposa muy afortunada. Solo siento no ser yo esa mujer.

Se puso de puntillas y apretó suavemente su mano contra la mejilla de él antes de tomar el bolso y salir del despacho, dejándolo de nuevo solo y sin ataduras.

Capítulo Dos

Eli estaba sentado en el reservado de siempre, en Tamblyn, con un vaso de whisky con hielo en la mano mientras esperaba a su viejo amigo Rakin Abdellah.

Se habían conocido en su época de estudiantes en la facultad de Ciencias Empresariales de Harvard. Los dos habían formado parte del equipo de remo y el hecho de que ninguno de los dos tuviera familia había hecho que se formase un estrecho vínculo entre ellos.

Eli había vivido en hogares de acogida desde su más tierna infancia, y Rakin había perdido a sus padres siendo niño en un accidente de avioneta. Ahora trabajaban juntos: la compañía de importaciones y exportaciones de Rakin le suministraba lo que necesitaba Eli para su cadena hotelera.

Llevaba en el restaurante casi media hora e iba por su segundo whisky, pero no era que Rakin se retrasara; era él que había llegado demasiado pronto.

Se había quedado en la oficina hasta la hora a la que solía dar por acabada la jornada, pero no podía decirse que hubiera hecho demasiado después de que Laurel le hubiese dicho que quería cancelar la boda.

No era que se sintiese mal por ello, y desde luego no culpaba a Laurel. Aunque las circunstancias hubieran sido distintas y su familia no estuviera pasando por el calvario por el que estaba pasando, no habría querido que se casase con él a menos que hubiese estado segura al cien por cien de que era lo que quería hacer.

Ninguno de los dos se merecía pasarse los próximos treinta o cuarenta años embarcados en un matrimonio sin amor que los hiciera infelices a ambos.

Sin embargo, no iba a ser plato de buen gusto para él pasar por la humillación de tener que decirle a la gente que la boda a la que les habían invitado y que supuestamente se iba a celebrar dentro de un mes ya no se iba a celebrar. Y también la humillación de saber que cuando estuviera en la oficina o con sus amigos estarían mirándolo y preguntándose qué habría pasado: si habría sido ella quien lo había dejado plantado o había sido él quien se había echado atrás, y si se alegraría de volver a ser libre como un pájaro o si estaría lamentándose y compadeciéndose de sí mismo.

Pero sobre todo, dejando todo eso a un lado, la verdad era que se sentía algo descorazonado por encontrarse de repente solo de nuevo. No era que estuviese desesperado. Había tenido unas cuantas novias, aunque algunas le habían durado más que otras, y también había tenido sus aventuras de una noche. Y que su relación con Laurel no hubiera funcionado no era el fin del mundo. «Hay muchos peces en el mar», se dijo.

Pero el problema era que no quería a cualquier otra mujer. Y lo que le preocupaba no era exactamente la idea de estar soltero; lo que le preocupaba era que aquello lo distanciaba de su sueño de formar una familia.

No podía negar que quería a sus padres de acogida, Warren y Virginia Young, que se habían hecho cargo de él desde los doce años. La mayoría de la gente prefería un bebé o un niño pequeño de cuatro o cinco años, pero aquella pareja mayor lo había acogido a pesar de que ya había alcanzado la pubertad y había permanecido bajo su techo hasta que se había hecho mayor.

En más de una ocasión incluso se habían ofrecido a adoptarlo, pero él, aunque se había sentido conmovido por el gesto y por el cariño que le profesaban, les había asegurado que no era necesario. Para él a todos los efectos eran sus padres, aunque no lo fueran ante la ley ni fueran sus padres biológicos.

Sin embargo había algo dentro de él que siempre lo haría ser un lobo solitario. No quería el apellido de otras personas; quería hacer del suyo un apellido digno. No quería que la gente lo mirase y pensase que no habría podido llegar a nada si no hubiese sido por la caridad de la rica pareja que lo había acogido.

A decir verdad, sus perspectivas de futuro probablemente habían mejorado diez veces gracias a los Young y siempre les estaría agradecido. Pero a excepción de haberle dado un hogar y un entorno estables, y de que le hubieran costeado los estudios en una de las universidades de mayor prestigio del país, todo lo que tenía y todo lo que había conseguido había sido gracias a su esfuerzo.

Y aunque se habían ofrecido a ayudarle con una generosa suma de dinero cuando les había hablado de su idea de fundar su cadena hotelera: Houghton Hotels and Resorts, él se había negado a aceptar un solo centavo.

Tomó otro sorbo de whisky. Era un empresario de éxito que se había forjado a sí mismo, pero ansiaba formar una familia; tener una esposa e hijos. Pero aún tenía tiempo, se dijo.

—¡Qué pensativo te veo!

Aunque había estado esperándolo, la voz de Rakin le hizo a Eli dar un respingo. Alzó la mirada hacia su amigo, que se sentó frente a él.

Rakin, que se había criado con sus abuelos paternos en Qatar tras la muerte de sus padres, tenía el pelo negro, los ojos castaños, y su tez morena y sus rasgos delataban sus raíces árabes. Sin embargo, también era mitad americano, y había pasado muchas épocas de vacaciones y sus años de universidad en los Estados Unidos con su familia materna, por lo que se sentía cómodo en ambos países y con ambas culturas.

—¿Problemas con los negocios? —le preguntó Rakin.

—Ojalá fuera algo tan simple —masculló Eli.

Rakin enarcó una ceja pero no hizo ninguna pregunta. Se conocían tan bien que su amigo sabía que cuando algo le preocupaba, si quería compartirlo con él, lo haría a su debido tiempo.

—Pidamos primero –le dijo Eli.

Le echaron un vistazo a la carta, y cuando se hubieron decidido Rakin levantó el brazo para llamar a un camarero que pasaba. A Eli le sorprendió que su amigo pidiera un whisky también; tal vez no era el único que había tenido un mal día.

Cuando el camarero regresó con el whisky de Rakin bebieron un par de tragos en silencio, y al cabo se miraron y abrieron la boca al mismo tiempo para decir algo.

Los dos se rieron.

—Tú primero –dijo Eli.

Rakin suspiró y bajó la vista a la mesa.

—Mi abuelo a amenazado con desheredarme.

Eli se echó hacia atrás y abrió mucho los ojos.

—¿Qué? ¿Por qué?

Rakin volvió a alzar la vista hacia él.

—Quiere que me case. Ha estado dándome la lata algún tiempo con ello, pero ahora es mucho peor. Quiere que sea pronto, y le da igual lo que yo opine.

Por un momento Eli se quedó callado, pensando en lo irónica que resultaba aquella situación, y soltó una carcajada.

—Ah, ya veo que te hace gracia –dijo Rakin con fastidio.

Eli sacudió la cabeza.

—Perdona. No es gracioso, pero es que si supieras lo que ha pasado hoy tú también te reirías.

–Está bien, morderé el anzuelo: ¿qué ha ocurrido?

–Laurel ha cancelado la boda –respondió él brevemente y sin rodeos, como quien arranca una tirita de un tirón, y apuró su vaso de whisky.

Rakin lo miró estupefacto.

–¿Qué? ¿Pero por qué?

–Dice que ahora mismo su vida es un caos con todo por lo que está pasando su familia.

Rakin ladeó la cabeza.

–Bueno, eso es comprensible. Llevan una racha…

Eli asintió.

–Sí, aunque me parece que en las razones que Laurel haya tenido para echarse atrás probablemente hayan pesado más sus sentimientos hacia mí que lo de su familia. Bueno, más que sus sentimientos, el hecho de que no siente nada por mí.

–¿Piensas que no te quiere? –inquirió su amigo en un tono quedo.

–Creo que le importo –respondió con sinceridad–, igual que ella a mí. Pero como amigos. Y no estoy seguro de que un matrimonio pueda cimentarse solo en eso.

–Pues yo me hallo en la disyuntiva de acceder a un matrimonio sin amor o correr el riesgo de ser desheredado.

–Y tú no estás dispuesto a correr ese riesgo. ¿Me equivoco?

Su amigo le lanzó una mirada entre el ¿tú qué crees? y el ¿lo estarías tú?

Eli sabía que Rakin se dejaba la piel en la compañía de su familia, valorada en miles de millones de dólares, y de la que era director general. Se jugaba mucho si apostaba a que su abuelo no llevaría a cabo su amenaza.

–Bueno, si estás interesado puedo presentarte a una joven muy atractiva de una respetable familia sureña –le dijo Eli sarcástico–. Estaba prometida, pero sé de buena tinta que ha dejado tirado al novio a solo un mes de la boda.

–Sería una posibilidad –bromeó Rakin en el mismo tono de ironía. El camarero llegó en ese momento con los entrantes que habían pedido. Cuando se hubo retirado, añadió–: Deja que intente primero hacer entrar en razón a mi abuelo. Si no puede que te tome la palabra.

Eran casi las nueve de la noche cuando Eli y Rakin salieron del restaurante y se despidieron para tomar cada uno su camino.

Aunque Eli se había tomado tres vasos de whisky con hielo había cenado abundantemente, y se había tomado un café bien cargado después del postre, así que no estaba ni siquiera achispado.

No le apetecía nada irse a casa, a su apartamento silencioso y vacío, pensó mientras ponía el coche en marcha. Acabaría abriendo una botella de lo que fuera y se emborracharía.

Tan absorto iba en sus pensamientos que de pronto se dio cuenta de que no iba en esa dirección.

Iba hacia Queen Street.

Era tarde, pero no tanto como para que Kara no estuviese aún levantada. Y después de todo le había dicho a Laurel que sería él quien le diría a su hermana que se había cancelado la boda.

Diez minutos después se detenía frente a la casa de Kara y apagaba el motor.

Había luz en una de las ventanas del piso de arriba, así que se bajó del coche, fue hasta la entrada y tocó el timbre.

Pasó un buen rato sin que Kara acudiera a abrir. Vaciló un instante, preguntándose si debería llamar otra vez por si Kara no hubiera oído el timbre, pero luego decidió que no eran horas de molestar. Ya iba a darse la vuelta para marcharse cuando oyó el ruido de la cadena y el cerrojo y la puerta se abrió y se encontró con Kara frente a él.

Su curvilínea figura se recortaba contra la suave luz del pasillo detrás de ella, envolviéndola como un halo. Llevaba una bata de seda color perla con un estampado de violetas y el cabello castaño rojizo le caía en suaves ondas sobre los hombros. Estaba descalza, y llevaba las uñas de los pies pintadas de un rosa pálido y brillante.

Se quedó sin aliento al verla, y rogó por que no tuviera escrito en la cara –por no mencionar otra parte de su cuerpo– el repentino deseo que lo había sacudido.

Quizá sí había bebido demasiado después de todo. Esa era la única excusa lógica que se le ocurría para explicar que su cuerpo hubiera reaccionado así al ver a la hermana de su prometida... de su exprometida.

Claro que también podía ser simplemente que hacía demasiado tiempo de la última vez que había disfrutado de los placeres del sexo, y ningún hombre con sangre en las venas podría ignorar el voluptuoso cuerpo de Kara.

–Eli... –dijo frunciendo el ceño, como confundida–. ¿Qué haces aquí?

–Perdona que venga a estas horas. Es un poco tarde, ¿no?

Ella lo miró de arriba abajo, fijándose sin duda en su cabello revuelto, su cara cansada y su ropa arrugada.

–Por favor, dime que no has venido hasta aquí después de haber estado bebiendo –le dijo Kara, entornando los ojos de un modo desaprobador.

–Me he tomado tres vasos de whisky, pero de eso hace más de tres horas, y además ha sido cenando, y me he tomado un café. Estoy sobrio, lo juro –respondió él alzando la mano como si estuviera delante de un juez.

Kara dejó escapar un suspiro y se hizo a un lado para dejarlo pasar.

–Anda, será mejor que entres antes de que mis vecinos empiecen a sospechar.

Eli se metió las manos en los bolsillos, entró y esperó a que Kara cerrara y echara de nuevo el pestillo y pusiera la cadena. Cuando se volvió otra vez hacia él pudo leer en su cara que lo sabía. Lo sabía y sentía lástima de él.

–He hablado con Laurel –admitió Kara en un tono quedo sin mirarlo a los ojos–. Lo siento mucho.

Eli contrajo el rostro. No quería su compasión. Ni la de nadie. Y si esa había sido la reacción de la que iba a haber sido su cuñada, sería aún peor cuando llegara el momento de decirle a sus amigos y conocidos que Laurel lo había plantado.

–¡Dios! –masculló sin poder contenerse–. Esto es lo último que necesito –se pasó una mano por el cabello y comenzó a pasearse arriba y abajo por el vestíbulo mientras seguía hablando–. Ahora todo el mundo empezará a compadecerse de mí, la gente rumoreará sobre los motivos de nuestra ruptura… No estoy enfadado con Kara por que haya cancelado la boda, pero no creo que esté preparado para el bombardeo psicológico que me espera.

Kara le puso una mano en el brazo con suavidad, y eso lo hizo detenerse.

–Vamos a la cocina –le dijo en un tono amable–. Prepararé un poco de té y hasta te serviré un par de vasos de whisky si lo necesitas, pero solo si me prometes que pasarás la noche aquí en vez de subirte al coche otra vez. Me preocupa que pueda pasarte algo.

La tensión de Eli se disipó de inmediato. La siguió hasta la cocina y cuando entraron ella se volvió y le preguntó:

–Entonces, ¿qué vas a querer: té o whisky?

Él abrió la boca, pero antes de que pudiera responder Kara lo interrumpió.

–En realidad no tengo whisky. Me temo que solo tengo por ahí una botella de coñac y otra de ginebra. Yo no suelo beber, pero las tengo para cuando viene algún invitado.

–Y si no tienes whisky, ¿por qué me lo has ofrecido?

Ella encogió un hombro.

–Porque quería convencerte para que te quedaras.

Eli se sorprendió al notar que las comisuras de sus labios se curvaban en una sonrisa. Era curioso que ya solo el estar allí con ella lo estuviera haciendo sentirse mejor.

–Bueno, pues té.

Eli se sentó en una de las banquetas junto a la isleta central y la observó mientras iba de un lado a otro de la cocina para sacar la hervidora de un armarito, llenarla de agua y ponerla al fuego…

Le gustaba el suave contoneo de sus caderas. Cuando vio que empezó a poner frente a él un servicio de té de porcelana con sus tazas y sus platillos, su tetera, su azucarero, una bandejita con rodajas de limón y demás, carraspeó y le dijo:

–No tienes que tomarte tantas molestias.

Ella sonrió divertida.

–Así es como se prepara el té en Charleston, sea cual sea la hora del día. A mi madre le daría un patatús si descubriera que lo he preparado de otra manera.

–Así que nada de bolsitas de té ni de calentar el agua en el microondas, ¿eh?

26

Kara sacó de un armarito una caja de lata con hojas de té, se volvió hacia él y se lo mostró, agitándolo en el aire.

–Ni hablar.

Diez minutos después estaba sentada en otra banqueta a su lado y mirando hacia él. Cuando cruzó las piernas antes de tomar la tetera para servir el té, la bata se abrió un poco, dejando al descubierto parte del muslo. Su sedosa piel parecía de alabastro.

Eli se notó la boca repentinamente seca y que el pantalón le apretaba un poco en la entrepierna.

–Algo me dice que no te va demasiado el té, se prepare como se prepare –comentó Kara, tendiéndole una taza con su platillo antes de servirse ella también.

–Es verdad, lo confieso –admitió él–. Soy más de café solo –tomó un sorbo del té–. Pero más de una vez he tenido que tomar el té con mi madre y sus amigas, así que digamos que si hay que tomarlo, lo tomo.

Kara sonrió y se arregló distraídamente la bata para taparse. Lástima, pensó Eli.

Continuaron tomándose el té en un silencio cómodo, con el tictac del reloj de la cocina de fondo.

–De verdad que siento mucho lo que te ha hecho Laurel –dijo Kara de pronto. Sus palabras devolvieron Eli a la realidad, con la misma brusquedad que un jarro de agua fría.

Estaba empezando a sentirse como un disco rallado, después de haber tenido la misma conversación con Rakin en el restaurante. Dejó la taza sobre el platillo y le dijo la verdad.

–Pues yo no lo siento.

Ella parpadeó, como sorprendida, o como si no lo creyese.

Eli la miró a los ojos, para que viese que estaba siendo sincero, y añadió:

–Lo digo en serio; no quiero que Laurel se case conmigo si no es lo que quiere. Esa clase de matrimonio sería un desastre, y habría acabado haciéndonos infelices a los dos.

Kara bajó la vista y deslizó distraídamente la yema del dedo por la circunferencia del borde de su taza.

–Pero es que hacíais tan buena pareja… –murmuró–. Es verdad que nuestra familia está pasando por un momento muy complicado, pero creía que no te molestaba, y si Laurel te quiere… si os queréis… –se quedó callada y levantó la cabeza para mirarlo a los ojos–. Si os queréis eso no debería ser un impedimento.

Capítulo Tres

Kara no sabía por qué había dicho eso. No era asunto suyo, y lo último que quería era entrar a discutir la relación de Eli y su hermana.

¡Por si no le bastase ya con lo culpable que se había sentido durante meses por sentirse atraída por él! Por un lado la apenaba que hubiesen roto su compromiso, pero por otro la aliviaba saber que no iba a tener que pasarse el resto de su vida viendo a Laurel y a Eli siendo felices y comiendo perdices.

Pero por supuesto no iba a decirle eso a él. Debería centrarse en todo lo que había que hacer ahora que ya no iba a haber boda. Sin embargo, el problema era que no era simplemente la organizadora de la boda; también era la hermana de Laurel, y amiga de Eli, y los dos necesitaban de su apoyo y comprensión.

¿Pero cómo podía compadecer a Eli cuando Laurel era su hermana? ¿O a su hermana, cuando la verdad era que se alegraba de que hubiese cancelado la boda?

Se llevó la taza a los labios y tomó un buen sorbo de té, deseando que llevase al menos unas gotas de whisky o de coñac. En ese momento no le habría ido mal.

–Creo que esa precisamente es la cuestión –dijo Eli.

Kara sentía su mirada fija en ella, como esperando a que lo mirara, así que finalmente, con el estómago revuelto por los nervios, se secó las palmas húmedas en la bata y se obligó a alzar la vista.

Y, como siempre que lo miraba a los ojos, el corazón le dio un vuelco.

Durante meses se había imaginado el tormento que sería tener que sentarse frente a él cada domingo en la cena familiar en casa de su madre con Laurel a su lado cuando ya estuviesen casados. Y una vez más volvió a sentirse culpable por el alivio que la invadió al pensar que eso no iba a ocurrir.

–En teoría éramos la pareja perfecta, sí, pero solo en teoría –continuó él–. Los dos somos de buena familia, nacidos y criados en Charleston. Bueno, mis padres no son mis padres de verdad porque me acogieron cuando era un chiquillo sin hogar, pero tú ya me entiendes… –matizó con una media sonrisa–. En fin, el caso es que las fotos de nuestra boda habrían quedado estupendas en las páginas de sociedad del periódico local. Y nuestros hijos habrían sido guapísimos, seguro.

Kara tragó saliva.

Esa era otra cosa con la que también se había martirizado: imaginándose como tía de los hijos de Laurel y Eli. Y sí, seguro que habrían sido guapísimos. Solo de pensarlo le habían entrado ganas de llorar.

–Como mucho Laurel y yo habríamos sido buenos compañeros el uno para el otro. Casi como dos socios que llevan un negocio juntos.

Kara frunció el ceño.

—No comprendo —murmuró con la sensación de que había algo de lo que no estaba enterada.

—Laurel no me quiere —respondió Eli sin rodeos—. O cuanto menos solo como a un amigo.

Al oír esas palabras de sus labios Kara comprendió. Aquello explicaba la falta de interés que había mostrado su hermana en los detalles de la organización de la que iba a haber sido su boda. Había tenido que andar detrás de ella para que eligiera el vestido y las flores, para hacer la lista de invitados... incluso para fijar la fecha del enlace. Nada de eso habría sido necesario si Laurel hubiese estado verdaderamente enamorada.

Eso significaba que su compromiso con Eli no había sido algo querido por las dos partes, y que sin duda él debía haber estado sosteniendo todo el peso de la relación, intentando mantenerla a flote.

Las cosas cada vez se estaban poniendo mejor. Se humedeció los labios y se obligó a murmurar un «lo siento», aunque en realidad no lo sentía.

Eli sacudió la cabeza.

—No lo sientas. No tiene nada que ver contigo, y mejor que Laurel se haya sincerado ahora y no después de dos o tres años de matrimonio —se quedó callado un momento antes de preguntarle—: ¿Y qué te dijo a ti cuando te lo dijo?

—Simplemente que la boda se cancelaba —respondió ella—. Y que la decisión había sido suya. Que no podía casarse con todo lo que estaba pasando. Me pareció que no quería hablar de ello, así que no la presioné –tomó un sorbo de té y le dijo con una sonrisa tímida–: Me temo que esto es nuevo para mí y no sé muy bien cómo equilibrar el papel de hermana con el de amiga. Y tampoco con mi papel como organizadora de la boda.

Él esbozó una media sonrisa.

–¿Alguna vez se te ha dado una situación parecida?

Kara negó con la cabeza.

–He tenido que tratar con novias muy exigentes y madres aún más exigentes, y con novios a los que les entró el pánico, y también algún bar *mitzvah* o una fiesta de aniversario que se ha pospuesto en el último minuto, pero con las bodas solo se me habían dado los contratiempos habituales. Debería haberme abstenido de organizar vuestra boda.

–¿Abstenido? –la pinchó él, divertido por la palabra que había escogido.

–Ya sabes a qué me refiero –respondió ella con fingido fastidio–. Debería haberos recomendado a otra persona para que organizara la boda y haberme conformado con ser una de las damas de honor.

Eli enarcó una ceja.

–Entonces estaría sentado en la cocina de alguna otra mujer, y seguro que no sabría cómo preparar el té al estilo sureño como Dios manda.

A Kara le pareció advertir una nota insinuante en su voz, aunque seguramente era solo su imaginación.

Aquel hombre era un peligro para sus hormonas.

–Bueno, me alegra que te sientas cómodo viniendo aquí. Aunque los dos sabemos que habrías preferido un whisky a esa taza de té –le dijo con una sonrisa, y Eli se rio–. Claro que si no te gusta porque lo encuentras un poco amargo, tengo una botella de té frío al melocotón en la nevera.

Eli se echó hacia atrás, mirando su taza como si hubiera dentro una serpiente, y luego la miró a ella.

–¿Tan transparente soy?

–Pues claro que no –Kara se bajó del taburete y rodeó la isleta para sacar un vaso de un armarito y la botella de té al melocotón de la nevera–. Hay un montón de cosas más transparentes que tú: las ventanas, el agua, el celofán…

–No hace falta que sigas; ya lo capto. Soy como un libro abierto –la interrumpió Eli.

Después de llenar el vaso hasta la mitad y volver a guardar la botella en la nevera Kara volvió con él.

–Pero volviendo a lo que hablábamos –dijo Eli tomando el vaso de su mano–, me alegra que te encargaras tú de la organización de la boda; como contigo tengo confianza será más fácil parar y deshacer todo los preparativos que estaban en marcha.

Kara frunció los labios.

Nunca había tenido que deshacer los preparativos de un evento de esa magnitud, pero haría todo lo que estuviese en su mano para que fuese lo más rápido posible y no se convirtiese en un quebradero de cabeza para Laurel y Eli.

–¿Por dónde empezamos? –inquirió él antes de tomar un trago.

Kara, que no se esperaba esa pregunta, parpadeó sorprendida.

–¿Quieres hablar de eso esta noche?

–¿Por qué no? –Eli encogió un hombro y la miró de arriba abajo–. A menos que quieras irte a la cama. No debería haber venido con lo tarde que es.

Puso un pie en el suelo para levantarse y marcharse, pero ella lo detuvo, asiéndolo por la muñeca.

–No te marches –se apresuró a decirle–. No pasa nada; lo único que tenía en mi agenda para mañana era… –se quedó callada, sin saber muy bien cómo acabar la frase.

–¿Seguir trabajando en los preparativos de la boda? –inquirió él con una sonrisa irónica.

Ella asintió vacilante.

–En fin, lo bueno es que no tendrás que cambiar tus planes –le dijo Eli, más animado de lo que habría cabido esperar–. Solo tendrás que alterarlos un poco para cancelar los servicios que hayas contratado o que tengas apalabrados en vez de seguir adelante con ellos.

–Como te veo de buen humor, tengo que advertirte que es bastante probable que no puedas recuperar el dinero que adelantaste para esos servicios. Algunos no son reembolsables. Por supuesto haré todo lo que pueda para intentar convencer a esas personas de que lo reconsideren, pero…

–No te preocupes –la cortó él–; me lo imaginaba. No es poco dinero, desde luego, pero prefiero perderlo a cargarte con más estrés pidiéndote que intentes recuperarlo.

–¿Estás seguro? –inquirió ella en un tono quedo.

Era una suma cuantiosa, y cualquier otro en su lugar se pondría lívido con solo pensar en perder tanto dinero.

Eli tomó otro sorbo de su vaso y asintió.

–Mi relación con Laurel ha sido una relación tranquila, sin problemas. No tendría sentido complicar las cosas ahora que se ha acabado.

–Me ocuparé de todo –le prometió Kara–. No quiero que ni tú ni Laurel os preocupéis de nada.

–¿Contigo al timón? Jamás –respondió él con una sonrisa. Miró su reloj–. Es tarde. Será mejor que me vaya para que puedas irte a la cama.

Kara lo siguió hasta el vestíbulo. Cuando Eli abrió la puerta se volvió hacia ella, todavía con la mano en el pomo.

–Gracias por escucharme.

–No hay de qué –respondió ella–. Y siento mucho que las cosas no hayan funcionado entre Laurel y tú.

Durante un buen rato él no respondió. De hecho, parecía como si no pudiera apartar la vista de sus labios. Kara se pasó la lengua por ellos nerviosa, preguntándose si los tendría manchados de té o si se le habría corrido el carmín, porque aún no se había desmaquillado.

–Al menos aún te tengo a ti –murmuró él entonces, alzando la mirada.

Kara no supo cómo interpretar eso: ni las palabras, ni su tono. Y entonces, de repente, Eli pasó de quedarse mirándola con una intensidad que la hizo sonrojar, a dar un paso adelante y tomar sus labios.

Kara se quedó paralizada cuando sus labios se tocaron, dejó de respirar, dejó de pensar. Fue un beso cálido y suave, con sabor a té al melocotón y un ligero regusto al whisky que Eli había estado tomando antes de ir allí. Era como siempre había imaginado que sería un beso de Eli, y aun mejor. Empezó como un beso vacilante, un mero roce de labios, pero luego hubo un chispazo, como cuando se enciende una cerilla.

Cuando Eli la asió por los brazos y la atrajo hacia sí notó el calor de su cuerpo a través de la fina bata de seda, y también su erección apretada contra su vientre.

En todos los años que había soñado con que la besara, sus fantasías nunca habían sido así. A veces había imaginado besos castos que la habían hecho sentirse como una princesa en un cuento de hadas. Otras se había imaginado una pasión incontrolable y a Eli levantándola en volandas para llevarla al dormitorio como en Lo que el viento se llevó.

Aquello, en cambio, era completamente distinto porque era real, y se sentía como si estuviese en llamas, pensó antes de que él enroscara su lengua con la de ella.

Y de pronto se acabó. Sin previo aviso Eli se apartó de ella, y dio un paso atrás al tiempo que la apartaba de sí.

Jadeantes, los dos rehuyeron la mirada del otro mientras se esforzaba por recobrar el aliento.

—Debería irme —murmuró él.

A Kara sus palabras le sonaron como si le llegaran a través de un túnel muy largo. Fue entonces cuando se dio cuenta de que era porque le zumbaban los oídos. También se notaba algo mareada.

Lo único que pudo hacer fue asentir antes de que él saliera y se alejara en la oscuridad de la noche sin volver la vista atrás.

Kara se quedó allí plantada sin poder dejar de revivir en su mente lo que acababa de ocurrir. Había sido maravilloso... y también aterrador. Quería que volviera a ocurrir... y a la vez deseaba que no hubiese pasado.

El que había sido el hombre de sus sueños siendo una chiquilla... ¿A quién quería engañar? El que aún era el hombre de sus sueños acababa de besarla como nunca jamás en su vida la habían besado, pero en vez de sentirse feliz estaba embargándola un horrible sentimiento de culpa porque ese hombre había sido hasta hacía solo unas horas el prometido de su hermana.

Eli estaba tan confundido y agitado por haber besado a Kara, que dio tres vueltas alrededor de la casa antes de subirse a su coche y volver finalmente a su apartamento, el mismo apartamento silencioso y vacío al que no había sentido el menor deseo de volver hacía unas horas.

Claro que tampoco tenía otra opción, a menos que se fuese a una habitación en uno de sus hoteles, igual de silenciosa y vacía.

Mientras daba vueltas alrededor de la casa de Kara una parte de él había querido volver a su puerta, llamar hasta que le abriera, y llevarla en volandas al dormitorio para hacerle el amor. Pero la otra parte de él, que se regía por la cabeza y no por los impulsos de su entrepierna, se preguntaba cómo diablos podía haber besado a la hermana de su exprometida como si se fuera a acabar el mundo en el mismo día en que habían roto su compromiso.

¿Y cómo podía ser que aún en ese momento estuviese ardiendo por dentro de solo pensar en aquel beso? ¿Había sentido alguna vez algo parecido al besar a Laurel? No. O al menos, no que él recordara.

De hecho, todos sus besos con Laurel habían sido bastante castos... como el resto de su relación. A los ojos de los demás seguramente habían sido una pareja encantadora y perfecta, pero de puertas para adentro no había habido ninguna pasión. Respeto y amistad sí, desde luego, y eso no iba a cambiar aunque Laurel hubiese decidido romper su compromiso.

Sin embargo, antes de besar a Kara –y todavía no sabía qué le había dado de repente para hacer algo así– nunca se había dado cuenta de que en su relación con Laurel no había habido pasión. Besar a Kara había sido como tocar un cable de alta tensión. Aquel beso lo había abrasado por dentro. No recordaba haber experimentado jamás algo tan intenso al besar a una mujer.

La cuestión era, no obstante, qué diablos iba a hacer al respecto. Probablemente lo más inteligente era lo que había hecho: irse a casa. Se daría una ducha, se metería en la cama, y se olvidaría de que aquello había pasado.

Claro que era evidente que eso iba a ser prácticamente imposible a juzgar por lo excitado que se notaba todavía. Y eso lo llevaba de nuevo a lo mismo: ¿qué diablos iba a hacer respecto a aquella repentina y fuerte atracción que sentía por Kara?

Capítulo Cuatro

Kara no había pegado ojo en toda la noche. ¿Cómo habría podido, después de un beso como ese? Se había sentido como si hubiese tenido a dos diminutos seres invisibles sentados cada uno en un hombro, tirando de ella en direcciones opuestas, igual que dos perros peleándose por un hueso.

Pero esos seres invisibles no habían adoptado la forma de un ángel y un demonio, como en los dibujos animados, sino la de Laurel y Eli.

Eli había estado todo el tiempo sonriendo y guiñándole el ojo, y tratando de camelarla para que lo dejase besarla otra vez.

Luego en el otro lado había estado Laurel, con el ceño fruncido y los ojos llenos de dolor, preguntándole: «¿Por qué, Kara? ¿Cómo has podido hacerme esto a mí… a tu propia hermana?

Y allí estaba ella, levantada desde al alba. No era algo inusual, ya que le gustaba empezar a trabajar temprano, pero normalmente cuando se levantaba había dormido sus ocho horas.

Pero ese no era un día normal.

En vez de continuar con los preparativos de la boda de su hermana tenía que deshacerlos. Y no estaba vestida como se vestiría en un día de trabajo, sino que llevaba un vestido camisero y encima un delantal.

Como a la mayoría de las mujeres del sur, cuando estaba preocupada o de mal humor le daba por cocinar, y eso estaba haciendo ella en ese momento. No sabía qué iba a hacer con todas las galletas de nueces que acababa de hornear y estaban enfriándose sobre la encimera de mármol. Lo único que sabía era que cocinar la ayudaba a liberar la tensión. Probablemente eran las acciones repetitivas de mezclar, batir, amasar...

Eran las ocho y cuarto cuando sonó el teléfono. Kara dio un respingo. Era su teléfono de casa, no la línea que tenía puesta en el estudio para su negocio. No solía recibir llamadas personales tan temprano... a menos que hubiese ocurrido algo malo. Y teniendo en cuenta por lo que estaba pasando su familia, sin duda podría tratarse de algo malo.

Se le encogió el estómago y apretó los dedos dentro de las manoplas de cocina mientras colocaba otra bandeja en la encimera. Dios... ¿qué más podía pasar? Su padre había sido asesinado, habían arrestado a su madre como sospechosa, su hermana había cancelado la boda... ¿Qué podía ocurrirles que no les hubiese ocurrido ya? ¿Un incendio? ¿Una inundación?

En cuanto ese pensamiento se le pasó por la cabeza deseó poder borrarlo. No había mejor manera de atraer la mala suerte que preguntarse algo así, y eso era lo último que necesitaba su familia.

Se quitó las manoplas y le rogó a Dios en silencio

que no fueran más malas noticias antes de tomar el teléfono inalámbrico y apretar el botón para responder.

–¿Diga?

–Hola, Kara –dijo al otro lado de la línea la voz familiar de una mujer mayor–. Soy Penny.

Kara respiró aliviada, preguntándose por qué estaría llamándola la secretaria de Eli al teléfono de casa. Durante los últimos meses habían estado muy en contacto para fijar las fechas en las que Eli podía reunirse con Laurel y con ella para discutir los preparativos de la boda, pero siempre por la línea que utilizaba para el trabajo.

–Ah, hola, Penny, ¿cómo estás?

–Muy bien, querida. ¿Tú qué tal?

–Bien, bien también –contestó Kara de forma automática.

–El señor Houghton me ha pedido que te llame a casa para concertar una cita contigo para esta mañana. ¿Tienes un hueco?

A Kara se le cortó el aliento y se le disparó el corazón. Inspiró profundamente y se dijo que no podía comportarse como una cobarde.

–¿Sabes por qué quiere que nos veamos?

Penny se quedó callada un momento.

–No lo sé. He dado por hecho que sería por lo de la boda. ¿Por qué? ¿Tienes el día muy ocupado?

–No, no es eso –respondió ella antes de que Penny pudiera sospechar nada.

Era evidente que Eli no le había dicho que Laurel y él habían roto su compromiso, y no quería ser ella quien diese pie a que la gente empezara a hablar. Penny era una empleada seria y trabajadora, pero estaban en el sur, y en el sur el cotilleo era el deporte nacional.

–Esta mañana me va bien –le dijo.

Probablemente solo querría que hablaran de los preparativos que había que hacer para parar y anular la boda para asegurarse de que estaba todo bajo control. Y si él podía actuar como si no hubiese pasado nada, ella también.

El timbre de la puerta sonó cuarenta minutos después; una hora antes de lo esperado. Hecha un manojo de nervios, Kara metió en el lavavajillas los últimos cacharros que había utilizado y echó un rápido vistazo por la cocina para asegurarse de que no pareciera que había pasado por allí un huracán.

El problema que tenía la repostería, se dijo enfurruñada mientras iba a abrir, era que una vez empezabas no podías parar. No si no querías que todo tu trabajo se echase a perder.

Por eso, aunque había quedado con Penny en que recibiría a Eli a las diez, nada más colgar el teléfono había seguido cortando galletas con el molde y horneándolas hasta que acabó con la masa. Lo había hecho lo más rápido que había podido, pero no le había quedado mucho tiempo para recoger y limpiar.

De hecho, no había podido ni cambiarse de ropa.

Se secó las manos en el delantal y abrió la puerta con un suspiro de resignación.

–Buenos días, Eli –lo saludó–. ¡Sí que llegas pronto!

Él le regaló una sonrisa deslumbrante.

–¿Qué puedo decir?, estaba ansioso por volver a verte.

A Kara se le llenó el estómago de mariposas. ¡Y ella que pretendía mostrarse indiferente y hacer como que lo de la noche anterior no había pasado…!

–Lo que pasa es que tengo la tarde muy ocupada y quería dejar resueltas unas cuantas cosas contigo antes de que esté tan metido en faena que no tenga tiempo –añadió Eli–. Espero que no te importe.

–¿Qué cosas?

En vez de responder, Eli levantó la cabeza y se puso a olisquear el aire.

–¿Eso que huele es pastel?

–Galletas –corrigió ella–. Acabo de hornearlas.

Eli enarcó una ceja y se quedó mirándola expectante. Kara reprimió una sonrisa.

–¿Quieres probarlas?

–Sí, por favor –respondió él con entusiasmo, y dio una palmada y se frotó las manos.

–Anda, pasa –le dijo Kara haciéndose a un lado.

Se desató el delantal mientras lo conducía a la cocina, y cuando entraron se lo quitó y lo dejó sobre uno de los taburetes junto a la isleta central.

–Debes haberte levantado muy temprano para que te haya dado tiempo a hacer todo esto –observó

Eli mirando las bandejas con docenas y docenas de galletas.

Kara ignoró ese comentario y se afanó en llenar un plato con galletas para luego ponerlo en la encimera de la isleta, frente a él. Eli, que estaba sentado en el mismo sitio que la noche anterior, parecía estar como en su casa. Se llevó una galleta a la boca, pero antes de morderla se quedó mirándola.

–Son de nueces –le dijo ella.

Eli le dio un mordisco y dejó escapar un largo ummm de satisfacción mientras saboreaba el bocado.

–Buenísimas –fue su veredicto.

Siendo como habían sido vecinos durante su infancia y adolescencia, no era la primera vez que Eli probaba algo preparado por ella. Sin embargo, el tenerlo allí, en su cocina, a solas los dos, resultaba más… íntimo que cuando lo había tenido sentado frente a ella en la cocina de casa de sus padres comiendo galletas.

Se aclaró la garganta y le preguntó:

–¿Te apetece beber algo? Ya sé que el té no te va demasiado, pero tal vez una taza de café o…

–Un vaso de leche estaría bien.

Kara sacó la botella de la nevera y después de servirle un vaso a él se sirvió uno ella también y se sentó a tomar galletas con él.

–Bueno –le dijo al cabo de un rato–, ¿de qué querías hablar? Aún no he empezado a deshacer los preparativos de la boda, pero pienso ponerme con ello en cuanto…

–Confío en ti –la interrumpió Eli, haciendo una pausa para limpiarse con la servilleta–. Me dijiste que podías ocuparte, así que a menos que haya algo para lo que me necesites, preferiría dejarlo todo en tus manos.

–De acuerdo –respondió ella lentamente.

Si no quería hablar de eso, ¿de qué quería que hablaran? «Por favor que no sea del beso de anoche, que no sea del beso de anoche, que no sea del beso de anoche…», rogó para sus adentros.

–No sé si te he dicho lo impresionado que estaba con el trabajo que estabas haciendo con la organización de la boda –le dijo Eli.

El tono que había empleado al hacerle ese cumplido no había sido un tono alegre, pero tampoco había sonado resentido.

–Eres muy eficiente y tienes un gusto excelente –añadió Eli.

–Gracias –respondió ella, aún vacilante.

–El caso es que he estado pensando que mi cadena de hoteles podría beneficiarse de tu experiencia.

Bueno, eso sí que no se lo esperaba.

–¿De qué modo?

–En mis hoteles se celebran un montón de eventos de postín: bodas, aniversarios, fiestas de cumpleaños de gente importante… Sobre todo en el complejo Ocean Breezes, en Seabrook Island –le explicó–. Hay una persona que se encarga de la organización, pero creo que podríamos hacerlo mejor si contáramos con una profesional que sepa lo que se hace, y que solo tendría que planificar y coordinar esos eventos.

Kara tardó unos instantes en digerir lo que acababa de oír.

—¿Me estás pidiendo que abandone mi negocio para trabajar para ti?

Él sacudió la cabeza y tomó otra galleta.

—Pues claro que no. Sé lo importante que es Prestige Events para ti; lo que te ha costado sacarlo adelante. Pero si estuvieras dispuesta a expandir tu negocio y quizá a subcontratar a otras personas para ciertos servicios... en fin, tu experiencia sería de un gran valor para mí.

Ella volvió a quedarse callada un momento antes de preguntar:

—¿Qué me estás pidiendo exactamente?

—Que vengas conmigo a Ocean Breezes unos días —respondió él de un modo casual, y le dio un mordisco a la galleta que tenía en la mano—. Sé que en las próximas semanas no tenías ningún otro evento en tu agenda más que nuestra boda, así que ahora que se ha cancelado, doy por hecho que estás libre. Y ya sé que todavía tienes que anular los preparativos que estaban en marcha, pero en Seabrook Island también hay teléfono y fax. Podrías solucionar esos asuntos desde allí.

—¿Y qué se supone que tendría que hacer una vez estuviera allí? —inquirió ella.

No pudo sino sorprenderse de lo serena que parecía cuando se sentía como si tuviera una columna de hormigas subiendo y bajando por su espalda. La ilusionaba la oferta que estaba haciéndole Eli, pero si aceptaba eso también significaría pasar más tiempo con él.

–Ver las instalaciones, hablar con la empleada que se encarga ahora mismo de la organización de esos eventos, echarle un vistazo a los informes de los eventos anteriores para ver qué hemos hecho bien y qué podríamos estar haciendo mal…

–¿Y luego?

Eli apuró la leche que le quedaba en el vaso y lo dejó en la encimera.

–Y luego hablaremos. Tú podrás darme tu opinión de cómo te parece que estamos gestionando esos eventos y discutiríamos la posibilidad de un contrato entre Houghton Hotels and Resorts y Prestige Events para que colabores con nosotros. Pero todo a su tiempo, naturalmente. Sin prisas ni presión de ningún tipo –le explicó Eli–. Puedes verlo de este modo: si al final te parece una pérdida de tiempo y decides que no quieres hacer negocios conmigo, siempre te quedará haber pasado un agradable fin de semana con todos los gastos pagados en Seabrook Island.

Kara se quedó pensando, sopesando los pros y los contras en su mente… o al menos los que se le ocurrían en ese momento.

Pros: conocía a Eli de siempre y sabía que podía confiar en él. Sabía que aunque fuera ante todo un hombre de negocios nunca intentaría engañarla o aprovecharse de ella.

Contras: llevaba años enamorada de él, y la había besado la noche anterior como no la habían besado nunca.

Pros: convertirse en asesora de uno de los hoteles de la cadena Houghton… y más aún del lujoso hotel de Seabrook Island, era una gran oportunidad.

Contras: su hermana había roto su compromiso con él el día antes, y tanto el beso de la noche anterior y la oferta que le estaba haciendo Eli podían ser una reacción de despecho por que lo hubiese dejado plantado a un mes de la boda.

Pros: quizá fuera bueno para Eli. Alejarlo unos días de la ciudad y mantener su mente centrada en los negocios sería un modo de evitarle el trago de oír a la gente cuchichear sobre Laurel y él. Y también podría ayudarle a superar la ruptura, aunque él nunca admitiría que lo estaba pasando mal ni que necesitaba distanciarse un poco de todo para recuperarse.

Contras: irse a pasar fuera el fin de semana con Eli, aunque fuera por trabajo, podría dar una impresión equivocada. Ya podía imaginarse los titulares: «La hermana de la novia se fuga con el novio una semana después de que se cancele la boda».

¿Y cómo se sentiría Laurel si se enterase? ¿Entendería que únicamente pretendía considerar una oportunidad de negocio, o lo vería como una traición?

Ladeó la cabeza y escrutó en silencio el rostro de Eli, intentando que ni sus atractivas facciones ni sus ojos castaños influyesen en su decisión.

–Con todos los gastos pagados, ¿eh?

–Sí.

–Es una oferta tremendamente tentadora.

–Pues espera a ver el sitio. Pensarás que has muerto y estás en el paraíso –dijo él subiendo y bajando las cejas.

Kara se rio.

–Me gustaría decir sí –le dijo–, pero creo que debería consultarlo con la almohada. Y… lo siento –añadió después de vacilar un instante–, pero necesito hablarlo primero con Laurel. Con todo lo que está pasando no me sentiría cómoda pasando fuera el fin de semana, a menos que al resto de mi familia y a ella no les importe.

–Por supuesto –respondió él al instante, levantándose del taburete–. Tómate el tiempo que necesites… pero no me hagas esperar mucho –añadió guiñándole un ojo.

Kara lo acompañó al vestíbulo.

–Si decides venir podemos salir el viernes por la mañana –le dijo Eli deteniéndose con la mano en el pomo de la puerta, igual que la noche anterior.

Kara se puso en tensión al recordar lo que había pasado después, y rogó por que no intentara besarla de nuevo… aunque estuviera deseándolo al mismo tiempo.

–¿Y si decido no ir? –aventuró.

Él le lanzó una mirada que le dio a entender que no esperaba que rechazase su oferta, por mucho tiempo que le llevase decidirse.

–Si ese fuera el caso, como último recurso supongo que te secuestraría y te llevaría a otro hotel que esté más cerca.

Kara sintió un cosquilleo en el estómago y se le secó la garganta. Sabía que Eli solo estaba bromeando y que en realidad estaba hablando de negocios, pero por la forma de decirlo había sonado como algo completamente distinto.

Había sonado como si fuese a llevarla a una suite del ático en uno de sus lujosos hoteles y hacerle apasionadamente el amor, en vez de a enseñarle las instalaciones y que ella le aconsejara sobre cómo mejorar sus servicios en la organización de eventos.

Como si pudiera leerle la mente y hubiera adivinado qué la estaba haciendo sentirse repentinamente acalorada, Eli sonrió de un modo socarrón, arqueando únicamente una comisura de los labios.

–Gracias por las galletas –murmuró–. Llámame cuando hayas decidido qué quieres hacer.

Y después de decir eso se marchó, dejándola sola, y sin haber intentado besarla de nuevo.

Capítulo Cinco

Eli estaba repasando unos contratos de renovación cuando sonó el interfono.

–Kara Kincaid por la línea tres –le dijo su secretaria.

Eli miró su reloj. ¡Solo habían pasado cuatro horas! ¡Qué rapidez! No había esperado tener noticias suyas hasta el día siguiente; no cuando le había dicho que tenía que pensárselo.

Claro que tampoco sabía si estaba llamándolo para aceptar su oferta. También podría estar llamándolo para rechazarla.

Con la esperanza de que no fuera lo segundo descolgó el teléfono y pulsó el botón de la línea tres.

–Hola, Kara. ¿Qué te cuentas? –la saludó.

Su tono alegre debió pillarla desprevenida, porque Kara se quedó callada un buen rato antes de hablar.

–Si sigues interesando en que vaya a Seabrook Island contigo –le dijo lentamente, como si estuviera escogiendo las palabras con cuidado–, acepto tu oferta.

Eli intentó reprimir sin éxito la sonrisa de satisfacción que asomó a sus labios.

–Excelente –respondió–. ¿Te va bien que te recoja el vienes a las ocho de la mañana?

–Me va bien –contestó ella muy seria y remilgada.

–No te olvides de meter en la maleta un par de bañadores y una toalla de playa –la picó en un tono seductor–. Hasta el viernes.

Y colgó antes de que Kara pudiera contestar porque no quería tentar a la suerte.

El viernes por la mañana Eli detuvo su vehículo frente a la casa de Kara cuando aún faltaban cinco minutos para las ocho. Normalmente para ir a Seabrook Island conducía su BMW Z4 Roadster descapotable. Era un vehículo deportivo y le gustaba sentir la brisa marina en la cara mientras conducía por la carretera de la costa.

Pero en esa ocasión, como quería parecer inofensivo ante Kara, se había llevado el Mercedes-Benz: seguro, cómodo… Con él esperaba dar la impresión perfecta en el paso uno de la operación «Conquistar a Kara».

No podía creerse que solo dos días después de que su prometida lo dejase plantado estuviese planeando seducir a su hermana. Estaba seguro de que a mucha gente en Charleston les parecería una desvergüenza si lo supieran y lo señalarían con un dedo acusador y susurrarían a sus espaldas.

Pero a él le daba igual. Podían decir lo que quisieran de él, igual que habían hecho cuando siendo un chiquillo se había mudado allí a vivir con los Young, una de las familias más ricas de la ciudad.

Hasta entonces había estado muy resentido con las cartas que le había repartido el destino, y había ido por la vida con una coraza que se había forjado para evitar que volvieran a hacerle daño. También había estado asustado, porque nunca sabía uno de dónde podría venir el próximo golpe ni qué le esperaría a la vuelta de la esquina.

Sin embargo, cuando los Young lo acogieron, lo trataron como a su propio hijo, le demostraron que no iban a devolverlo al centro de menores como habían hecho otros, le devolvieron la confianza en sí mismo y le enseñaron a mantener sus convicciones sin importarle lo que opinaran los demás.

Se sentía atraído por Kara y, del mismo modo en que había construido su imperio hotelero, con esfuerzo y con convicción, estaba decidido a conquistarla.

Hasta esa semana había creído que su vida no podía ir mejor, y aún le costaba aceptar hasta qué punto se había estado engañando a sí mismo.

Había creído que era feliz con Laurel, y que seguiría siéndolo durante los próximos cincuenta años. En ese momento, en cambio, la única mujer con la que podía imaginarse pasando el resto de su vida era con Kara.

Había estado saliendo con la hermana equivocada. Había planeado casarse con la hermana equivocada.

Gracias a Dios que Laurel había puesto freno a

la situación. De otro modo habrían cometido el mayor error de sus vidas.

Apagó el motor, se bajó del coche y se guardó las llaves en el bolsillo. A esa hora la mayor parte de los vecinos de Kara ya se habían ido a trabajar, pero había alguna que otra persona paseando al perro o regando las flores.

Fue hasta el porche y llamó al timbre. Al poco rato la puerta se abrió y apareció Kara. Normalmente llevaba el cabello recogido con una pinza, pero ese día se lo había dejado suelto, y le caía en suaves ondas sobre los hombros. Tampoco llevaba las gafas, otro hábito que había advertido en ella cuando no estaba trabajando y no tenía que dar una imagen seria y profesional.

La ropa que había escogido para la ocasión era playera e informal, como le había aconsejado: una blusa de flores de manga corta, una falda de color verde lima, y unas sandalias. No llevaba apenas joyas, solo una pequeña cruz de oro y unos pendientes de aro a juego. Discreta pero elegante; un estilo muy Kara. Le gustaba.

Sin embargo, a pesar de que estaba muy guapa parecía nerviosa, pensó cuando la vio morderse el labio y se fijó en como se pasaba las manos por la falda, como si las tuviese sudosas.

Eli casi sintió lástima de ella. No había pretendido incomodarla al invitarla a pasar el fin de semana en Seabrook Island.

El día anterior había evitado tocarla o acercarse demasiado a ella, y tampoco había mencionado el beso que habían compartido a pesar de que apenas podía pensar en otra cosa.

Tenía la esperanza de que volviese a repetirse pronto, pero no quería dejárselo entrever a Kara porque estaba seguro de que si lo hacía se asustaría y volvería corriendo a Charleston. Y no la culparía por ello. Sospechaba que ella también se sentía atraída por él, pero era consciente de que las circunstancias no eran precisamente las ideales para iniciar una relación, teniendo en cuenta que hasta hacía unos días había estado a punto de convertirse en su cuñado.

Tenía que aprovechar el fin de semana para convencerla de que merecía la pena que exploraran la atracción que había entre ellos, sin importarles que la gente pudiera murmurar.

Al final los rumores acababan apagándose poco a poco, pero no quería dejar pasar la oportunidad de intentarlo al menos con una mujer que quizá sí fuera la mujer de su vida.

Aquello no era habitual en él. Antes de pedirle a Laurel que se casara con él, de hecho, se había llevado meses dándole vueltas, analizando cada aspecto de su relación –pasado, presente, y posible futuro– antes de llegar a la conclusión de que podrían funcionar como matrimonio.

Durante los últimos años había sentido que le faltaba algo. Cierto que tenía unos padres que, aunque no fueran sus verdaderos padres, le habían dado todo su cariño. También se sentía mejor porque había aceptado sus orígenes y había dejado atrás el rencor. Y su negocio estaba floreciendo, pero no podía decirse lo mismo de su vida privada.

Por eso había pensado, después de mucho meditarlo, que lo más acertado sería sentar la cabeza y formar una familia. Laurel le había parecido la elección perfecta, pero era evidente que se había equivocado.

Tenía la impresión de que la mujer perfecta para él era su hermana Kara, por extraño que eso resultase. Solo esperaba poder convencerla para que abriese su mente y le diese una oportunidad.

Sin embargo, para eso tenía que ir poco a poco y no dejarle entrever que para ese fin de semana tenía en mente algo más que solo hacer negocios con ella.

–Buenos días –la saludó en un tono distendido–. ¿Lista para marcharnos?

Ella se mordió el labio otra vez y frunció el ceño.

–¿Estás seguro de que esto es buena idea? –le preguntó–. No sé, con todo lo que está pasando quizá no debería irme de la ciudad. Especialmente contigo.

Eli se llevó una mano al corazón, fingiéndose herido por sus palabras.

–Me duele oírte decir eso –le dijo en tono teatrero.

Kara se rio.

–Está bien –dijo tomando la más grande de las tres bolsas de viaje que tenía a sus pies.

Se la tendió y tomó ella las otras dos antes de salir para cerrar la puerta con llave.

–Pero si ocurre algo y no puedo estar aquí junto a mi familia, la culpa será tuya –le advirtió a Eli, volviéndose hacia él.

–Solo vamos a Seabrook Island –le recordó Eli mientras se dirigían hacia el coche–. Si te llaman porque ha ocurrido algo estarás aquí en una hora. Y si quieres puedo tener un helicóptero a tu disposición y tardarás aún menos en llegar –añadió abriendo el maletero para meter las bolsas.

Ella le lanzó una mirada fulminante.

–Eso no será necesario –le espetó antes de meterse en el coche.

Eli sonrió divertido y rodeó el vehículo para sentarse al volante.

No hablaron demasiado hasta llegar a la autopista, cuando a él se le ocurrió preguntarle algo por lo que sentía curiosidad desde que lo llamara para decirle que iría con él ese fin de semana.

–Doy por sentado que Laurel te dio el visto bueno a que te escaparas conmigo este fin de semana –dijo en un tono jocoso.

Por un momento ella pareció vacilar, y luego asintió brevemente con la cabeza y se giró hacia él para mirarlo.

–Me dijo que no le molestaba en absoluto. De hecho, hasta me dijo que le parecía que sería una buena idea que trabajara para ti.

Eli no pudo reprimir la sonrisilla que acudió a sus labios.

–Te lo dije.

–Pero la notaba como ausente –añadió Kara, sin

picar el anzuelo–. No sé si es por la muerte de nuestro padre, o porque han acusado a nuestra madre del asesinato, o porque ya no vais a casaros, pero últimamente no parece ella.

–Es normal que tenga un montón de cosas en la cabeza, con todo por lo que estáis pasando.

Kara ladeó la cabeza.

–Supongo que Laurel te diría que mi madre y ella iban a hacer un viaje el mes que viene, antes de la boda. Mi madre, como no puede abandonar la ciudad por estar acusada del asesinato, no puede ir, lógicamente, pero no quiere que Laurel cancele el viaje. Creo que por una parte mi hermana querría ir para alejarse de toda esta locura, pero creo que por otra parte se sentirá culpable si se va, porque será como abandonar a nuestra madre o huir cuando la familia más la necesita.

–Más o menos como estás haciendo tú este fin de semana –bromeó él.

–Yo le he dicho que debería aprovechar ese viaje. Entiendo que le parezca que en este momento pueda resultar egoísta hacer algo así, pero le vendría bien. Volvería más despejada y relajada. Y como tú me has dicho antes, si ocurriera algo podría estar de regreso en unas horas.

–Exacto –asintió él, alargando el brazo para tomarle la mano. Cuando entrelazó sus dedos con los de ella lo satisfizo ver que no intentaba detenerlo–. Bueno, ahora que piensas que alejarse de la ciudad unos días es bueno para tu hermana, tal vez empieces a darte cuenta de que también es bueno para ti.

Kara se rio y le apretó los dedos, aunque Eli no habría sabido decir si había sido accidental o deliberado.

–Supongo que sí; de otro modo correría el riesgo de parecer una hipócrita, ¿no?

–Yo diría que sí –asintió él.

–Me parece que estoy empezando a entender qué hace de ti un empresario de éxito: eres un buen negociador porque sabes cómo convencer a la gente para que haga lo que tú quieres.

–Ya lo creo.

Y eso que no había visto nada, añadió Eli para sus adentros. Pero para cuando acabase la semana sabría muy bien hasta dónde llegaba su tenacidad. Sería capaz de suplicar o robar si hiciera falta para convencerla de que cediera a la atracción que había entre los dos.

–De todos modos solo he dicho lo que es obvio –añadió.

–Y encima arrogante –lo picó ella–. ¡Qué suerte tengo de pasar todo el fin de semana con el señor sabelotodo.

–Pero me quieres y lo sabes, aunque sea un sabelotodo; no lo niegues –la picó él a su vez, llevándose la mano de Kara a los labios para besarle los nudillos.

Tal vez estuviera yendo un poco deprisa, sobre todo teniendo en cuenta que estaba decidido a comportarse como un perfecto caballero hasta que estuviesen acomodados en Ocean Breezes. Sin embargo, después de lo que acababa de decirle, de dejar caer con disimulo que quizá hubiese más entre ellos de lo que ella estaría dispuesta a admitir, se quedó esperando con curiosidad su reacción.

Tanto el beso en la mano como lo que acababa de decirle eran una manera de poner a prueba las barreras de Kara. ¿Apartaría su mano molesta y lo corregiría? ¿Se reiría, tomándoselo como una broma? ¿O tal vez admitiría que sí, que lo quería, pero solo como a un amigo?

Eso último le dolería –¡vaya si le dolería!–, porque eran amigos, sí, pero él quería que fuesen algo más que eso. Y todo el mundo sabía que cuando una mujer etiquetaba a un hombre de «amigo», ese hombre tenía más posibilidades de que le salieran alas y llegase volando a la luna, que de pasar alguna vez a la categoría de «amante».

No era que esperase que saltase sobre él mientras conducía y empezase a besarlo apasionadamente, pero cuando Kara desentrelazó sus dedos de los de él, se llevó la mano al regazo y bajó la vista, Eli se encontró conteniendo el aliento. Conteniendo el aliento… y también esperándose lo peor y deseando haber mantenido la boca cerrada.

–Sí que te quiero –murmuró ella.

Lo dijo tan bajito que apenas lo oyó. Al lanzarle una mirada vio que seguía con la vista fija en el regazo.

–Eres uno de mis mejores amigos.

Lo que se temía: su gozo en un pozo. Hacía un momento había estado haciéndose ilusiones con que iba a ser un fin de semana inolvidable, y de repente casi no quería ni imaginarse cómo iba a sobrevivir durante tres días si le daba el mazazo que estaba viendo venir.

–Creo que no te he dado aún las gracias por todo el apoyo que nos diste a mi familia y a mí cuando asesinaron a mi padre, y especialmente a mí.

Era cierto que había sido de los primeros en acudir a la mansión familiar en cuanto se supo que Reginald Kincaid había sido asesinado. Al principio se había creído que había sido un suicidio y eso había dejado conmocionada a toda la familia. Claro que luego, lógicamente, cuando se había sabido que había sido asesinado, no se habían sentido mucho mejor.

Se había puesto a disposición de los Kincaid para cualquier cosa en la que pudiera echar una mano, pero después de la lectura del testamento de Reginald, durante la cual el abogado le había entregado a cada uno de los hijos una carta de su padre, había sido Kara quien lo había llamado sollozando y necesitada de su apoyo.

No había nada de particular en la carta a Kara, que esta le había leído por teléfono porque no se sentía con fuerzas para leerla sola.

Kara no trabajaba en el negocio familiar, por lo que en la carta no le había dado instrucción alguna sobre la gestión del Grupo Kincaid ni nada parecido; era únicamente la carta de un padre dirigiéndole las últimas palabras a su hija y diciéndole cuánto la quería.

Se había quedado hablando con ella por teléfono hasta bien entrada la noche, consolándola como podía y escuchándola. Se había sentido feliz de haber podido hacer algo por ella, aunque no hubiese sido mucho.

—Me tendrás a tu lado siempre; para lo que necesites —le dijo.

—Lo sé —respondió Kara en un susurro.

Esas fueron las últimas palabras que cruzaron hasta que llegaron a Seabrook Island.

Capítulo Seis

Aquello era un error, pensó Kara una vez más. Debería estar disfrutando de la vista mientras se dirigían a Ocean Breezes por la carretera de la costa, pero estaba hecha un manojo de nervios.

¿Cómo iba a sobrevivir al fin de semana sintiéndose como se sentía? En el momento en que Eli había dejado caer la bomba, diciéndole eso de «me quieres y lo sabes» el corazón se le había desbocado.

Sí que lo quería, como había admitido, pero aunque hasta entonces se había esforzado por verlo solo como a un amigo, pero en lo más hondo de su corazón sabía que quería algo más que su amistad.

Sin embargo, sabía que eso no iba a pasar. Eli la había besado la otra noche, pero seguramente lo había hecho porque estaba dolido y confundido después de que Laurel hubiese roto su compromiso. Sabía que Eli no sentía nada por ella.

Le tenía cariño, sin duda, porque se habían criado juntos, pero tenía muy claro que no la deseaba como lo deseaba ella a él, que no fantaseaba con arrojarla a una cama, arrancarle la ropa y hacerle apasionadamente el amor.

Se estremeció al pensar eso, porque era exactamente lo que ella quería que hiciera, y luego sintió que se ruborizaba de vergüenza al recordar que hasta hacía unos días había estado comprometido con su hermana. ¿Cómo podía imaginar siquiera esas cosas? ¿Cómo se sentiría Laurel si supiera que fantaseaba con Eli y que había estado haciéndolo desde que era una adolescente? Lo más seguro era que no le hiciese ninguna gracia.

Ya estaban en Seabrook Island, faltaba poco para que llegasen a Ocean Breezes, y aún no tenía ni idea de cómo iba a reprimir sus emociones y comportarse como si nada. Como si no fuesen más que un par de amigos que estaban allí por negocios.

La gravilla del acceso al complejo hotelero crujió bajo las ruedas del Mercedes. Kara había estado allí una vez, cuando se celebró la ceremonia de apertura. Se había sentido tan orgullosa de Eli ese día… Ocean Breezes no era solo un hotel, como todos los demás que Eli había construido hasta entonces, sino un complejo vacacional con todo lo que pudiera desear quien fuese a alojarse allí para alejarse del mundanal ruido: una playa privada, un campo de golf, un spa, boutiques, un salón de belleza, restaurantes…

Eli detuvo el coche frente al pórtico y a los pocos segundos se acercó un aparcacoches que rodeó el vehículo para abrirle la puerta a Kara y ayudarla a bajar.

—Bienvenido, señor Houghton —saludó a Eli cuando este se hubo apeado también del vehículo—. Me alegra volver a verlo.

–Gracias, Robert –respondió Eli, tendiéndole las llaves junto con un billete de propina.

Al mismo tiempo otro empleado sacó su equipaje del maletero y lo fue poniendo en un carrito. Cuando hubo terminado de colocarlas Eli le dio también una propina.

–Súbelo todo a mi suite privada –le indicó. Luego, añadió en voz baja–: Y que nos suban allí unas fresas y una botella de champán. Gracias, Julio.

Kara estaba impresionada de que conociera al personal por su nombre, y se preguntó si ocurriría lo mismo con los otros hoteles que tenía, teniendo en cuenta que eran muchos y que el número de personas a las que daba empleo debían ser considerable.

Mientras el coche se alejaba en una dirección y su equipaje en otra, Eli tomó del brazo a Kara e hizo que lo entrelazara con el suyo para llevarla dentro.

–¿Fresas y champán? –le preguntó ella mientras cruzaban el enorme vestíbulo con su reluciente suelo de mármol.

–Es para celebrarlo –se limitó a responder él.

–¿El qué?

–El comienzo de lo que espero que sea una larga y lucrativa colaboración entre Prestige Events y Houghton Hotels and Resorts.

–Con una nota de agradecimiento habría bastado –apuntó ella.

Eli se rio y se inclinó para besarla en la sien.

–No seas tonta, mujer. Jamás te habría impresionado con algo tan mundano.

–¿Estás intentando impresionarme?

–Por supuesto. Cuando quiero algo de una dama hermosa siempre trato de impresionarla.

A Kara se le aceleró el pulso y por un instante se le cortó el aliento. Cuando pasaron por delante del mostrador de recepción Eli saludó a las dos jóvenes que estaban allí atendiendo, y condujo a Kara hasta los ascensores.

Ya dentro del ascensor Eli sacó una tarjeta, y la introdujo en una ranura del panel de botones para desbloquear el que tenía que accionar para que el ascensor subiera a la planta donde estaba la suite que reservaba para su uso privado.

Kara, que había estado esperando que se quedaran a solas, se aclaró la garganta y le preguntó:

–¿Y qué es lo que quieres de mí?

–Solo que te unas a mí para tomar fresas y champán –respondió él.

Un suave ding indicó que habían llegado a su planta. Cuando las puertas se abrieron y Eli salió, Kara lo siguió, pero no pudo evitar quedarse clavada en el sitio al entrar, mirando sorprendida a su alrededor.

Se había criado en una familia rica y estaba acostumbrada a la opulencia, y Eli le había enseñado algunas de las suites y de los bungalós del complejo el día de la inauguración, pero aquella suite no se parecía a las que había visto, sino que parecía que acabaran de entrar en la residencia particular de alguien.

Los suelos eran de parqué y no de moqueta. Las

cortinas, en vez de ser pesadas y opacas como solían ser en los hoteles, eran unas cortinas blancas ligeras y translúcidas que agitaba la brisa del océano que entraba por las puertas del balcón abierto. También había una cocina a la que no le faltaba un detalle en vez de la típica cocinita, y era evidente que los muebles habían sido elegidos personalmente y no estaban todos cortados por el mismo patrón como solía ocurrir en el mobiliario de los hoteles.

—No tengas miedo —le dijo Eli, que se había quedado esperándola en medio del salón—, pasa. No te voy a morder.

Kara se apartó del ascensor y avanzó lentamente hacia él. A través de las puertas abiertas del pasillito que había al fondo de la zona de comedor vislumbró una enorme cama de matrimonio, y a sus pies el equipaje de ambos.

—En ningún momento accedí a compartir habitación contigo —dijo deteniéndose a unos cuantos pasos de él, pero rehuyendo su mirada—. Creía que tendría mi propia habitación.

Por el rabillo del ojo lo vio encoger un hombro.

—Aquí conmigo estarás mejor. Además, no eres un huésped más del hotel; eres mi invitada y este fin de semana vamos a trabajar codo con codo, así que nos vendrá bien estar cerca el uno del otro.

Ese era precisamente el problema, que bastante le costaba ya mantener bajo control sus hormonas cuando lo tenía a una distancia prudencial, como en ese momento.

¿Cómo se suponía que iba a frenar esas fantasías

que la hacían derretirse por dentro si tenía que convivir con él durante tres días y dos noches?

–No me siento muy cómoda con esto, la verdad –le dijo con sinceridad, aunque obviamente no iba a explicarle por qué.

Cuando Eli avanzó hacia ella sintió que un cosquilleo eléctrico la recorría de arriba abajo. Siempre tenía ese efecto en ella. Era tan... ¡endiabladamente guapo!

Estaba segura de que Eli era consciente de ello –al fin y al cabo tenía que verse todos los días en el espejo–, pero no parecía que le concediera ninguna importancia a sus facciones, perfectas como las de un modelo, ni a su impresionante físico.

No se comportaba con chulería ni con arrogancia, ni era un donjuán. Y no precisamente porque le faltaran ocasiones para hacer uso de sus encantos. Más de una vez Kara había visto cómo se le insinuaba descaradamente alguna mujer, dándole a entender que si estaba interesado estaba dispuesta aunque solo fuera para una breve noche de ardiente sexo.

¿Cuándo era la última vez que había pasado ella una noche así?, se preguntó de repente. De hecho, no recordaba muy bien cuándo había sido la última vez que había practicado el sexo. Hacía bastante tiempo, de eso estaba segura, pensó haciendo memoria.

Había ido bastante en serio con Bradley en la universidad, y habían experimentado el uno con el otro cosas que aún la hacían sonrojar. Había creído que se casarían y serían felices por siempre jamás, pero pronto se había dado cuenta de que Bradley estaba interesado en experimentar no solo con ella, sino con todo el equipo de animadoras.

Le había llevado bastante tiempo reponerse de la traición de Bradley, y durante unos cuantos años había llevado una vida de monja. Y había sido entonces cuando había conocido a Christian.

Con Christian no se había hecho la menor ilusión de que fuese el hombre de su vida, pero era divertido, guapo, y sabía cómo hacer que una chica lo pasase bien. El sexo no había estado mal, pero Kara había sabido desde un principio que aquella era una relación que no duraría mucho.

Y eso era todo; ahí se acababa toda su experiencia en lo que se refería al sexo.

Eli, en cambio, acababa de salir de una relación hacía solo unos días. Una relación con su hermana. Con su hermana, con su hermana, con su hermana… Tenía que recordarse eso.

—Además, solo veo una cama —dijo señalando la puerta abierta del dormitorio—. ¿Dónde se supone que voy a dormir yo?

Eli levantó una mano para acariciarle la mejilla, y le remetió un mechón tras la oreja.

—Te preocupas demasiado, cariño. Tú céntrate solo en disfrutar del fin de semana y en la propuesta de trabajo que te he hecho.

Para él, que seguro que no se sentía como si tuviera una docena de mariposas revoloteándole en el estómago, era muy fácil decirlo. Abrió la boca para replicar, pero Eli la tomó de la mano y la llevó hasta una mesita donde habían dejado una botella de champán en una cubitera junto a dos copas de cristal, y una fuente de porcelana con fresas.

Eli sacó la botella del hielo y la envolvió con una prístina servilleta blanca para descorcharla antes de servir un poco del burbujeante champán en cada copa. Cuando le tendió una a Kara, esta se quedó vacilante, sintiéndose como sin duda se habría sentido Eva al ser tentada por la serpiente.

Y sin embargo se encontró dando un paso adelante y tomando la copa que él le ofrecía. Justo iba a llevársela a los labios cuando él la detuvo.

–Ah-ah-ah… No olvides la mejor parte.

Tomó una fresa de la fuente de porcelana y se la acercó a la boca. Ella volvió a vacilar, debatiéndose entre el deseo y la voz de su conciencia… pero el deseo acabó ganando.

Abrió la boca y dejó que Eli deslizara la punta de la fresa entre sus dientes antes de morderla y sentir cómo se derramaba el dulce jugo por su lengua. Le costó trabajo masticar, y cuando vio a Eli llevarse la fresa mordida a la boca y darle un bocado aún mayor, todavía le costó más tragar.

Eli, en cambio, estaba saboreando el bocado con placer antes de tragar y tomar un sorbo de champán sin apartar ni un momento los ojos de su rostro.

–Ahora toma tú también un sorbo –la instó Eli en un murmullo.

Kara lo complació, y aunque tenía que admitir

que la combinación del sabor del champán con la fresa era deliciosa, el hecho de tener a Eli tan cerca y de estar a solas con él en su suite privada la tenía hecha un manojo de nervios. Todo su cuerpo estaba tenso y vibraba de expectación, aunque no sabía muy bien qué era lo que estaba esperando.

Eli volvió a acercarle otra fresa brillante y suculenta a su boca, tentándola de nuevo para que se rindiera. ¡Y qué tentadora resultaba esa idea!

Sin embargo, no podía perder la cabeza. Por eso frunció los labios y sacudió la cabeza, negándose a que siguiera embriagándola con más champán y fresas hasta que supiera exactamente qué pretendía.

—¿De qué va esto, Eli? —le espetó cuando él dejó caer la mano—. Me pediste que viniera aquí por negocios, pero la impresión que tengo es muy distinta. Es como si… como si estuvieras intentando seducirme —concluyó con voz queda.

Él encogió un hombro.

—Quizá —dijo de un modo casual—, ¿pero quién dice que no pueden mezclarse el placer y los negocios?

Capítulo Siete

Eli no había tenido intención de reconocer lo que se traía entre manos… o al menos no tan pronto. De acuerdo, no había tenido la menor intención de reconocerlo, pero cuando Kara le preguntó sin rodeos qué estaba tramando se sintió incapaz de mentirle.

Pensándolo bien, el detalle de las fresas y el champán quizá no había sido muy sutil. Sin embargo, se sentía aliviado de que la verdad hubiese salido a la luz. Se habría sentido como una sanguijuela si hubiese logrado llevársela a la cama y luego se hubiese visto obligado a admitir que desde un principio ese había sido su objetivo.

En fin, las cartas estaban boca arriba sobre la mesa y Kara ya sabía que para ese fin de semana tenía en mente algo más que negocios.

Lo que estaba por ver era cómo reaccionaría Kara cuando lo reconociese en voz alta, y se temía que no se sentiría cómoda con la idea de tener algo con él cuando acababa de romper su compromiso con su hermana.

Como parecía un ciervo paralizado de miedo ante el rifle de un cazador, hizo un rápido reajuste en sus planes. Tomó la copa de Kara y la dejó en la mesa junto con la suya. Luego la tomó de la mano y la condujo al ascensor.

—¿Dónde vamos? —inquirió ella mientras pulsaba el botón.

—Ahora lo verás.

Bajaron a la planta del vestíbulo, lo cruzaron, y entraron por un largo pasillo que desembocaba en un salón de baile. En ese momento estaba vacío por completo. Eli la llevó hasta la hilera de puertas cristaleras que cubrían toda una pared y salieron a una amplia terraza que se asomaba al océano. A varios metros, al final de un brazo de tierra cubierto de verde hierba y rodeado por un saliente rocoso, se alzaba un templete blanco de piedra.

—A la gente le encanta hacerse fotos en esta terraza con ese paisaje de fondo —le explicó Eli.

—No me extraña; la vista es muy bonita —comentó Kara paseándose por la terraza.

Parecía haber dejado a un lado, aunque solo fuera de momento, su preocupación por la conversación que habían estado teniendo en la suite.

—Es perfecto para celebrar bodas —añadió Kara.

—Celebramos muchas al año —respondió él, asintiendo con la cabeza. Y también había muchas parejas que se quedaban para la luna de miel.

Mientras Kara admiraba el paisaje, Eli aprovechó para regalarse la vista con ella. Era preciosa aun de espaldas a él. La hermosa melena cobriza le caía en suaves ondas sobre los erguidos hombros, y la fina tela de la blusa y la falda que llevaba acentuaba sus femeninas curvas. También tenía unas piernas

74

espectaculares, ya calzara zapatos de tacón o planos, como las sandalias que llevaba en ese momento.

¿Por qué tenía que ser todo tan endiabladamente complicado?, se preguntó, maldiciendo para sus adentros. Quería acercarse a ella, rodearle la cintura con los brazos, apartarle el cabello para besarla en el cuello, hacerla volverse hacia él y besarla hasta dejarla sin aliento.

Quería echársela al hombro y llevársela de vuelta a la suite sin importarle quién los viera. Y una vez allí le haría un montón de cosas traviesas y deliciosas que la harían olvidarse de que había estado comprometido con su hermana, de que estaría mal visto que se dejaran llevar por la atracción que sentían... Y él se olvidaría de todo también para centrarse únicamente en la suavidad de sus labios, en lo increíble que sería la sensación de estar piel contra piel con ella, en su miembro entrando y saliendo de ella...

El solo pensar en aquello lo excitó. No iba a darse por vencido. Siempre había pensado que cuando algo valía la pena había que luchar por ello. Si conquistar a Kara fuese sencillo tal vez no estaría tan interesado en ella como lo estaba.

Suspiró, decidiendo que por el momento lo mejor sería no presionarla. Le enseñaría los otros salones donde celebraban banquetes y...

–¡Eli!

Kara y él se dieron la vuelta a la vez, y vio a Diane Montgomery acercándose con un marcado contoneo de caderas. Cuando llegó junto a él se puso de puntillas y lo abrazó pegándose demasiado a él, y lo besó en la mejilla, a escasos milímetros de la boca.

Hacía tiempo, cuando Ocean Breezes había empezado a funcionar, Diane y él habían tenido un breve romance. Después de aquello tal vez no había sido muy inteligente por su parte contratarla como coordinadora de eventos del complejo, por mucho que su currículum demostrara que estaba más que capacitada para ese puesto.

Por aquel entonces ella estaba en el paro, y un tanto desesperada por encontrar empleo, y la verdad era que hacía bien su trabajo, pero se mostraba un poco posesiva con él y lo trataba con demasiada familiaridad.

Eli estaba seguro de que no le iba a sentar bien que Kara hubiese ido allí para asesorarles en la organización de eventos porque se sentiría dolida en su ego, pero esperaba que no le montase una escena y que no hiciese nada que ahuyentase a Kara.

—Cuando las chicas de recepción me han dicho que estabas aquí no podía creerlo. Si me hubieses dicho que venía me habría asegurado de que estuviese todo dispuesto para tu llegada.

—Está todo bien —respondió él en un tono monocorde, devolviéndole el saludo con mucho menos entusiasmo.

Le pidió a Kara que se acercara y le rodeó los hombros con el brazo para presentarlas.

—Kara, esta es Diane Montgomery. Lleva a cargo de la organización de eventos de Ocean Breezes casi desde que abrimos. Diane, te presento a Kara Kincaid.

Como no quería que Diane no sospechase que Kara podría reemplazarla, o que pensase que no estaba contento con su trabajo, había escogido las palabras con cuidado. Tampoco quería que Kara supiese que había tenido un romance con Diane aunque su relación hubiese sido muy breve y fuese ya cosa del pasado.

Kara le tendió la mano a Diane.

–Un placer –le dijo.

Diane le estrechó la mano, y a Eli no le pasó desapercibido cómo la miró de arriba abajo, probablemente preguntándose quién era, qué estaba haciendo allí, y cuál era su relación con él.

Él desde luego no tenía la menor intención de darle explicaciones. Ni allí, ni en ese momento… y quizá nunca, porque no era asunto suyo.

–Le estaba enseñando las instalaciones a Kara –dijo–, pero cuando tengas un rato hay algunas cosas de las que querría que habláramos.

Diane pareció captar el tono de jefe que había empleado y después de mirarlos a ambos frunció ligeramente el ceño y dio un paso atrás.

–Claro; cuando quieras.

Y con esas palabras se dio media vuelta y se marchó.

–¿Sabe que mi visita está relacionada con su trabajo? –le preguntó Kara cuando se quedaron a solas.

–No. Se lo diré cuando llegue el momento, y si

es necesario. No creo que tenga sentido revolver las aguas antes de que me des tu opinión sobre cómo funciona nuestra organización y cómo podríamos mejorar.

–Lo veo razonable.

–Gracias –contestó él con una sonrisa, tomándola de la mano y entrelazando sus dedos.

Esperaba que Kara se apartara de él y se mostrase incómoda, como había ocurrido en la suite, cuando él habló de mezclar placer y negocios, pero no solo no se apartó, sino que le apretó suavemente la mano.

Le sorprendió cómo lo conmovió ese gesto, y le hizo albergar esperanzas de que tal vez después de todo sí conseguiría conquistarla.

La condujo hasta el templete, por cuyas columnas blancas trepaban rosales cuajados de pequeñas rosas rojas. No entraron, sino que se acercaron al saliente rocoso que se asomaba al océano.

A unos cien metros a sus pies las olas chocaban contra las rocas, y la brisa marina le revolvía el cabello a Kara y hacía que se les pegase la ropa al cuerpo.

Aunque la vista lo dejaba a uno sin aliento, Eli no solía ir allí cuando iba a Ocean Breezes. No le gustaba el viento azotándolo en la cara. Había veces en que era tan fuerte que hasta resultaba difícil mantener los ojos abiertos.

Con Kara a su lado, en cambio, de pronto lo estaba viendo desde una perspectiva diferente. Era curioso, pero hasta entonces nunca había pensado que Ocean Breezes fuese un lugar particularmente romántico.

Quizá no le había prestado la suficiente atención. O quizá era que no había estado allí con la persona adecuada. Kara lo hacía sentirse romántico. La verdad era que había pedido que les subieran fresas y champán a la suite no solo porque quisiera seducirla, sino también porque Kara se merecía fresas y champán, porque quería mimarla y hacerla sentirse especial.

Quería dar largos paseos por la playa con ella, y eso que siempre había detestado que se le metiese la arena en los zapatos. Quería mirarla a los ojos mientras cenaban a la luz de las velas.

Pero en ese momento, más que ninguna otra cosa en el mundo, lo que quería era besarla. Y eso fue lo que hizo, rendirse a la tentación.

De pie detrás de ella, aprovechó que estaba absorta mirando el océano para apartarle la cabellera a un lado y besarla en el cuello. Al ver que ella no se apartaba, inclinó la cabeza de nuevo y le deslizó la lengua por la piel, siguiendo la línea de la clavícula. Luego le apartó un poco más el pelo y la besó en la nuca, en el hombro…

–Eli…

Apenas oyó la voz de Kara, que sonó como un susurro en medio del ruido de las olas y de su excitación, con el latido de la sangre resonando en sus oídos.

–Eli… –lo llamó ella de nuevo con un gemido de protesta.

–¿Umm? –contestó él sin que sus labios dejaran de explorar su piel, que sabía a miel y a flores.

–¿Qué estás haciendo? –inquirió ella.

–¿Tú qué crees? Besándote –murmuró él contra su piel.

–Pero… ¿por qué?

Aquello casi lo hizo reír, y aunque se contuvo no pudo reprimir la sonrisa que afloró a sus labios.

–Porque desde ese beso en tu casa la otra noche no he podido dejar de pensar en que me moría por volver a besarte –respondió besando cada centímetro de piel que podía alcanzar–. Porque ya no aguantaba ni un minuto más –le mordisqueó suavemente el lóbulo de la oreja–. Porque besarte es lo único que puedo hacer aquí, a plena luz del día, sin escandalizar a los huéspedes del hotel y sin desatar rumores sobre nosotros.

La hizo girarse hacia él y la besó por fin en los labios, enredando los dedos en su cabello mientras hacía el beso más profundo y estrechándola contra sí.

Un gemido escapó de su garganta al sentir los senos de Kara aplastados contra su pecho, sus muslos rozando los suyos y su vientre contra su miembro en erección.

Bajó una mano hasta el hueco de la espalda de Kara y la apretó un poco más contra sí para que pudiera notar cuánto la deseaba.

Si pudiera la haría suya allí mismo, pero por decoro se obligó a controlarse y cuando se apartó jadeante de ella observó con satisfacción que a ella también parecía faltarle el aliento.

Los labios de Kara estaban sonrosados e hinchados por sus besos, y tenía una mirada aturdida.

Era la oportunidad perfecta para conducirla dentro, subir de nuevo a la suite y llevársela derecha a la cama. Estaba confundida por sus acciones, y sin duda también por el deseo que le despertaba Eli.

Sin embargo, no podía hacerlo; no podía aprovecharse de ella. Inspirando profundamente para reunir fuerzas la tomó de la mano.

–Ven –le dijo, y echó a andar tirando de ella.

–¿Dónde vamos? –inquirió ella, esforzándose por seguirle el paso.

Eli se dio cuenta y caminó un poco más despacio para acomodarse al paso de ella. No podía pagar su frustración con ella. Le rodeó los hombros con el brazo y la besó en la cabeza.

–Te prometí que te iba a enseñar las instalaciones –respondió–. Y eso es lo que voy a hacer antes de que se nos olvide y pasemos a cosas más placenteras.

Capítulo Ocho

El fin de semana no estaba siendo en absoluto como Kara había imaginado que sería mientras se dirigían allí en coche. ¿Cómo podía ser que de repente se mostrase tan interesado ella cuando nunca antes lo había estado? Hasta hacía solo unos días había estado comprometido con su hermana Laurel y jamás había mostrado el menor interés en ella.

¿O sí? Repasó mentalmente los recuerdos que tenía de la relación que había habido entre ellos desde su infancia. Eli siempre había sido amable con ella, pero lo mismo podía decirse de su trato con cualquier otra persona.

También podía decir que siempre había estado a su lado en los momentos difíciles, como cuando había roto con su novio del instituto, cuando no conseguía decidir a qué universidad ir... y cuando habían asesinado a su padre.

Y también habían compartido muchos buenos momentos. Eli siempre había ido a su cumpleaños y a los de sus hermanos, había asistido a su ceremonia de graduación, y cuando ella había decidido abrir su propio negocio también lo habían celebrado juntos.

Claro que estaba segura de que Eli se comportaba igual con todos sus amigos, de modo que en ese sentido tampoco podía decirse que fuese especial para él.

Sin embargo, cuando estaba con él sí que se sentía especial. Pero de sus sentimientos hacia él nunca había tenido la menor duda. Llevaba años enamorada de él. Era de los sentimientos de él de los que no estaba segura. ¿Estaba jugando con ella?

Al pensar aquello sintió una punzada de dolor en el pecho. Si fuera así se lo haría pagar, juró para sus adentros. Llevaba tanto tiempo loca por él que no le perdonaría que pretendiese seducirla para luego dejarla tirada.

Sin embargo, era incapaz de creer que eso pudiera ser cierto. Eli nunca le había hecho mal a nadie, y no podía imaginar que se hubiese vuelto tan cruel por despecho como para divertirse a costa del afecto que sentía por él.

Pero si no pretendía atormentarla... ¿por qué estaba haciendo todo aquello? Le parecía demasiado esperar que de verdad estuviese interesado en ella. Y sin embargo, allí estaban.

Eli le había estado mostrando las partes del complejo que utilizaban para la celebración de eventos, y ella había intentado hacer como que estaba prestando atención, pero en realidad no podía dejar de darle vueltas a todo aquello.

En ese momento estaban volviendo a la suite. Eli le había prometido que tendrían una reunión con Diane para repasar los eventos que se habían celebrado y que se iban a celebrar en las próximas fechas, las cifras y demás. Era lo que Kara necesitaba para poder hacerse una idea de qué era necesario mejorar, pero sospechaba que Eli no estaba precisamente ansioso de que tuviese lugar esa reunión.

Y era comprensible, porque ella había ido allí para revisar su trabajo, señalar lo que pudiera estar haciendo mal, y hasta podría acabar quitándole el puesto de coordinadora de eventos de Ocean Breezes. La verdad era que ella tampoco estaba deseosa por que se produjera ese cara a cara.

Sin embargo, en ese momento tenía problemas mayores y un dilemas más acuciante. Iban de regreso a la suite de Eli, y no tenía ni idea de qué iba a hacer cuando llegaran allí. Y lo que era aún peor: no tenía ni idea de qué iba a hacer él. O qué iba a intentar hacer. O qué esperaba Eli que hicieran.

Por un lado se sentía como si estuviese viviendo un cuento de hadas en el que un apuesto y encantador príncipe la había raptado para llevársela a pasar un romántico fin de semana, pero por otro la inundaban las dudas y la culpa.

Aquello no estaba bien. Rendirse a la atracción que sentía hacia Eli no haría sino complicar las cosas. Su familia no sabría nada porque estaban a kilómetros de Charleston, pero los empleados del hotel los miraban con curiosidad cada vez que se cruzaban con ellos, y no era de extrañar, teniendo en cuenta que iban a alojarse en la misma suite.

Cuando subieron al ascensor y se cerraron las puertas tras ellos, Eli introdujo la tarjeta en la ranura del panel de botones y pulsó el de su planta.

Kara estaba rehuyendo su mirada, observando el reflejo borroso de ambos en las puertas metálicas del ascensor, cuando de pronto se encontró con el ancho pecho de Eli frente a ella y el frío metal de las puertas contra su espalda.

–No puedo esperar más para hacer esto –gruñó él.

Ella abrió la boca para preguntar «¿el qué?», pero no pudo pronunciar ni una palabra porque justo entonces Eli apretó sus labios contra los de ella, dejándola sin respiración y haciéndola sentirse como si sus músculos se hubiesen convertido en gelatina.

Desoyendo a la voz de su conciencia, cuando la lengua de Eli rozó la unión entre sus labios, intentando abrirse paso para entrar en su boca, Kara se lo permitió. Era solo un beso después de todo. Un beso nada más...

Se oyó un ding, pero el cerebro de Kara, enturbiado por la niebla del deseo, no acertó a reconocer aquel sonido hasta que las puertas se abrieron detrás de ella y notó que se tambaleaba hacia atrás.

Eli se tambaleó también, pero reaccionó a tiempo y la sujetó, evitando que cayeran los dos al suelo. Se quedaron mirándose a los ojos entre jadeos antes de que Eli la llevara fuera del ascensor para acorralarla contra la pared más cercana y se apretara contra ella.

La besó de nuevo, aunque no con delicadeza, como en el ascensor, cuando al menos había esperado a que ella respondiera al beso. Simplemente tomó lo que quería.

Durante un buen rato siguieron allí de pie besándose y acariciándose. En un momento dado Eli la asió por las caderas, y se apretó un poco más contra ella para que pudiera notar su erección. Kara subió las manos a sus hombros y arañó con las uñas el tejido de su chaqueta.

Cuando Eli despegó su boca de la de ella, Kara aspiró en un intento de recobrar el aliento, y Eli volvió a pillarla desprevenida alzándola en volandas.

—¿Qué estás haciendo? —inquirió sobresaltada.

—¿Tú qué crees? —le espetó él, yendo hacia el dormitorio.

Kara le puso una mano en el pecho y se removió en sus brazos.

—¡Eli, no! ¡No podemos hacer eso!

—Ya lo creo que podemos —replicó él con firmeza.

Cuando llegaron al dormitorio empujó la puerta entreabierta con el codo, fue derecho hacia la cama, y dejó a Kara en el suelo para ponerse a arrojar almohadones al suelo antes de tirar de la colcha.

Oh-oh… Kara dio un paso atrás, pero Eli se dio cuenta de inmediato de que pretendía huir.

—Ah, no, no… —dijo agarrándola por la muñeca para tirar de ella hacia él.

Kara le plantó las manos en el pecho para intentar apartarlo, pero Eli le había rodeado firmemente la cintura con los brazos.

—No podemos hacerlo, Eli —le repitió, intentando hacerlo entrar en razón.

–Sí, sí que podemos –replicó él, aún con más decisión que antes. Luego, como si se hubiera dado cuenta de que estaba siendo algo brusco, esbozó una sonrisa y le acarició la mejilla con el pulgar–. Sé que me deseas; no lo niegues –le dijo en un susurro–. Tanto como te deseo yo.

Había pronunciado esas palabras de un modo tan sentido que a Kara se le hizo un nudo de emoción en la garganta. ¡Cómo le gustaría creer que Eli la deseaba de verdad!

Pero sabía que no era cierto. Sabía que aquello era solo un impulso del momento para él, una manera de desquitarse del daño que le había hecho Laurel. ¿Qué mejor manera que seducir a su hermana pequeña y tener con ella un romance breve e insustancial?

–¿Pero qué hay de Laurel? –le espetó–. ¿Qué hay de…?

Él le impuso silencio colocando el índice sobre los labios.

–Laurel no está aquí. De hecho, nunca la traje aquí –murmuró masajeándole la nuca con la otra mano. Era tan agradable que Kara sentía deseos de gemir de placer.

Y luego Eli dejó de intentar convencerla para pasar a la acción echándole la cabeza hacia atrás para tomar de nuevo sus labios.

Kara le rodeó el cuello con los brazos. Era inútil, no podía resistirse a sus encantos, a su sensualidad, a todas y cada una de las cualidades que habían hecho que se enamorara de él.

Tal vez a la mañana siguiente se odiase a sí misma y lo odiase a él, pero en ese momento ya no le importaba nada. En su cabeza oyó las palabras inmortales del Rhett Butler en *Lo que el viento se llevó*: «Francamente, querida, me importa un bledo».

¿Cómo podría seguir negándose cuando Eli estaba besándola como si estuviese muriéndose de sed y ella fuese un oasis? ¿Cómo, cuando estaba entre sus brazos y sus senos estaban apretados contra su pecho? ¿Cómo, cuando por fin tenía al alcance de la mano aquello con lo que llevaba soñando toda su vida?

¡Al diablo los debería y los no debería, los ¿y si...? y los quizá! ¡Al diablo su reputación y el decoro y todas las confesiones y expiaciones que tendría que hacer al volver a casa!

Por una vez en su vida iba a ser egoísta. No solo iba a rendirse a las dotes de persuasión de Eli; también iba a hacer lo que quería y a tomar lo que quería.

Y en ese momento lo que quería era a Eli. Más de lo que lo había deseado nunca. Más de lo que jamás habría creído posible, en todos los años que se había pasado fantaseando con él.

Al ver la torpeza e impaciencia con que las manos de Eli estaban desabrochándole los botones de la blusa se sintió más segura de sí misma. Se echó hacia atrás para dejarle hacer. La excitaba pensar que Eli la deseaba. De pronto le costaba respirar.

Cuando desabrochó el último botón Eli abrió la blusa por completo y tomó sus senos en las palmas de las manos, acariciando los pezones con las yemas de los pulgares a través del encaje del sujetador. Kara aspiró por la boca, extasiada.

Eli la hizo echarse hacia atrás sobre su brazo, y agachó la cabeza para succionar sus pezones, y dejó húmedas las copas del sujetador.

Kara se notaba la cabeza mareada y una ola de calor parecía haber invadido su cuerpo de la cabeza a los pies. Y eso que apenas acababan de empezar.

Con la mano libre Eli encontró la cremallera de su falda, y cuando se la bajó el sonido de los dientes de la cremallera pareció resonar en la habitación como el estallido de un cañón.

Al poco rato la falda cayó al suelo, y Eli no tardó en despojarla también de la blusa, que fue a parar también a sus pies, dejándola vestida únicamente con el sujetador, las braguitas y las sandalias. Era demasiado tarde para echarse atrás.

Eli la alzó en volandas para arrojarla después al centro de la cama, y Kara rebotó en el colchón antes de intentar incorporarse apoyándose en los codos.

–No, no, no… –le advirtió él señalándola con un dedo y mirándola a los ojos–. No te muevas. Ni un músculo.

Sin apartar la mirada de ella empezó a desabrocharse la camisa uno por uno metódicamente y con una sola mano. La otra estaba ocupándose del cinturón.

–Quizá tenga que atarte las manos al cabecero de la cama –dijo enarcando una ceja mientras se sacaba la camisa de los pantalones.

Se la quitó junto con la chaqueta y dejó caer ambas al suelo a la vez que se descalzaba.

–Te muestras tan nerviosa y tan reacia a estar conmigo –continuó– que no quiero que saltes de la cama y te escapes en el momento menos oportuno.

A Kara se le estaba haciendo la boca agua mientras admiraba su torso desnudo. Sus músculos atestiguaban las horas que pasaba cada semana en el gimnasio.

Se lamió los labios observando cómo se bajaba la cremallera de los pantalones, y cuando finalmente dejó caer los pantalones al suelo, a Kara se le paró el corazón un instante, y aunque trató de tragar saliva no pudo, porque justo en ese momento sus ojos se encontraron.

Recordó entonces la amenaza de Eli de atarle las manos al cabecero. La verdad era que no le importaría nada. De hecho, la idea de estar maniatada a su merced la estaba haciendo sentirse acalorada.

–No pienso escaparme –le dijo con la voz algo ronca por el deseo–. Esta vez no.

Capítulo Nueve

A Eli le recorrió una descarga de deseo al oír las palabras de Kara. Si hubiese intentado huir de él habría sido capaz de ir detrás de ella, aunque fuese desnudo como el día que llegó al mundo.

Y le habría dado igual echar a perder su reputación como empresario si sus empleados lo hubiesen visto corriendo detrás de una mujer medio desnuda por las instalaciones. Si la hubiese atrapado y hubiese logrado llevarla de vuelta a la suite para hacerla suya, habría merecido la pena la vergüenza por la que habría tenido que pasar, y hasta que lo enviasen a un manicomio una temporada.

Sin embargo, oír de sus labios que no tenía intención de huir fue un alivio, y sintió una urgencia aún mayor de desnudarla del todo lo antes posible.

Cuando se subió a la cama y avanzó hacia ella Kara reculó, pero no pudo alejarse más que unos centímetros antes de que él la atrapara colocándose sobre ella, con las manos plantadas sobre el colchón a ambos lados de su cabeza, y las rodillas apretadas contra sus muslos.

—Ahora no podrás escapar aunque quieras —murmuró mirándose a sus ojos verdes.

—No quiero escapar —le aseguró ella.

Eli sintió que un cosquilleo eléctrico le recorría la piel, y por primera vez desde su adolescencia tuvo la sensación de que podía perder el control antes incluso de que hubiesen empezado.

Con cuidado de no tocarla con ninguna otra parte del cuerpo, se inclinó para besarla, despacio al principio, deleitándose en la textura y el sabor de sus labios, suaves como pétalos de rosa o como la seda más pura; dulces como las fresas que habían tomado hacía unas horas.

Kara se movía provocativamente debajo de él, dejando escapar suaves gemidos que hicieron que su frente se perlara de sudor y que se le disparara el pulso.

Hizo el beso más profundo, dejando que su lengua se deslizara por el borde de los labios de Kara antes de introducirla en su boca, y se tumbó con cuidado encima de ella, pegándose a su cuerpo.

El encaje del sujetador le arañaba el pecho de un modo muy erótico, y aún mejor era sentir su erección apretada contra la escasa y húmeda tela de las braguitas de Kara mientras se frotaba contra ella y sus lenguas danzaban, enroscándose la una con la otra.

Deslizó una mano por debajo de la espalda de Kara y le desabrochó el sujetador. Sin embargo, cuando intentó bajarle los tirantes por los brazos ella sostuvo las copas con las manos para impedírselo.

–No… –le susurró mirándola a los ojos–. No te me pongas tímida ahora. No te escondas de mí, Kara.

Ella no dijo nada pero apartó las manos. Eli sonrió, pero no porque hubiera obedecido, sino porque aquello demostraba que confiaba en él y que le estaba confiando lo más sagrado para ella: su cuerpo. Sonrió por eso... y porque sus pechos, cuando los destapó, resultaron ser lo más hermoso que había visto nunca.

Kara no tenía sobrepeso, ni mucho menos, pero tampoco estaba tan delgada como esas modelos que salían en las revistas. Tenía sus curvas, y eran unas curvas deliciosas. Volvió a inclinarse para besarla en los labios para luego descender a la barbilla, la garganta, un poco más abajo... Kara arqueó la espalda, acercando sus pechos aún más hacia él.

Los acarició, estimulando los pezones con los pulgares antes de inclinar de nuevo la cabeza para probarlos al fin. Kara jadeó, poniendo voz a las sensaciones que los inundaban a ambos. Eli trazó círculos con la punta de la lengua en torno a un pezón durante largo rato antes de dedicar la misma atención al otro. Se habría podido pasar así horas y horas, pasando de uno a otro, deleitándose en aquellos preciosos pechos.

Podría haberlo hecho... pero justo en ese momento Kara levantó las piernas para rodearle las caderas, le echó los brazos al cuello y comenzó a subir y bajar las manos por su espalda, arañándole con las uñas mientras sus muslos se frotaban contra su miembro en erección de un modo que estaba haciéndolo enloquecer.

Eli abandonó sus pechos y descendió por su

cuerpo imprimiendo besos por su abdomen. Al llegar al ombligo trazó un círculo alrededor con la lengua y luego introdujo la punta dentro de él. Enganchó los pulgares en el elástico de las braguitas de Kara y fue bajándoselas lentamente para ir descubriendo milímetro a milímetro la parte más íntima de su cuerpo.

Kara se revolvió debajo de él, murmurando su nombre sin aliento y de un modo tan lastimero que estuvo a punto de rendirse y darle lo que le estaba pidiendo, pero quería llevarla al límite.

Acabó de quitarle las braguitas y las arrojó a un lado. Luego le abrió las piernas e hizo que las apoyara en sus hombros.

Kara aspiró bruscamente al darse cuenta de lo que pretendía hacer, pero él la sujetó con firmeza e inclinó la cabeza. Valiéndose de los labios, la lengua y los dedos exploró los pliegues de su vagina hasta que sus gemidos de protesta se convirtieron en gemidos de placer.

Volvió a revolverse debajo de él mientras enredaba los dedos en su corto cabello. Eli no estaba seguro de si era su forma de instarle a que continuase, o si por el contrario aún estaba resistiéndose, pero no tenía intención de parar hasta que le hubiese dado todo el placer que podía darle.

Notó cómo se tensaba su cuerpo, cada músculo y cada tendón, igual que la cuerda de un arco, y cómo las uñas de Kara se le clavaban en el cuero cabelludo.

Redoblando sus esfuerzos siguió lamiendo y acariciando, llevándola más y más alto hasta que gritó al alcanzar el orgasmo.

Siguió lamiéndola suavemente mientras regresaba a la tierra entre jadeos, y cuando su respiración se hubo normalizado subió de nuevo por su cuerpo beso a beso hasta llegar a la boca, y le dio un largo y profundo beso con lengua.

Las manos de Kara, temblorosas por los coletazos del orgasmo, tomaron su rostro y lo acariciaron. Eli deslizó una mano entre sus piernas hasta encontrar de nuevo ese valle húmedo por su saliva y los jugos femeninos de ella.

Se colocó en posición y empujó su miembro dentro de ella lentamente, apenas un centímetro, y jadeó. Otro centímetro. Trató de controlar su respiración. Otro centímetro más.

Quizá si pensara en otra cosa para no perder el control… Pensó en su compañía, en las reuniones que tenía pendientes, en los contratos que tenía que revisar… No estaba funcionando. Estaba cada vez más excitado.

Colocó las piernas de Kara en torno a su cintura. Ella cruzó los tobillos para sujetarse mejor y se arqueó hacia él, y ese movimiento hizo que su miembro se introdujese un poco más en la vagina. Los dos jadearon de placer, y sin poder resistir ya más Eli empujó las caderas, hundiéndose en ella por completo.

Se quedó muy quieto, deleitándose en la sensación de estar tan íntimamente unido a ella. Había estado con muchas mujeres, y aunque con algunas había tenido relaciones más largas que con otras, con ninguna había pensado que fuera amor.

Con Kara, en cambio, el estar con ella, verla sonreír, escuchar su voz, oírla reír… todo eso hacía que le aflorara una sensación cálida en el pecho. Y el estar haciendo lo que estaba haciendo con ella en ese momento lo excitaba de un modo que jamás habría creído posible.

Nunca le había pasado eso con Laurel. Jamás, en todo el tiempo que habían estado comprometidos. Eso tenía que significar algo, ¿no?

Claro que tampoco iba a ponerse a analizarlo en ese momento. Estaba ocupado en algo mucho más importante. Empezó a sacudir las caderas suavemente para entrar y salir de ella. Kara le clavó los tobillos en las nalgas, y él, para devolverle el favor, la asió por el trasero para empujarla contra sí con cada embestida.

Se movían juntos, como nadadores de natación sincronizada, cada movimiento en perfecta armonía. Sujetando a Kara por las caderas la hizo rodar con él para que quedara encima. Cuando esta hubo recobrado el aliento se incorporó, apoyando las manos en su pecho, y se puso a horcajadas sobre él. Sacudió la cabeza, agitando su melena cobriza, y Eli pensó en lo increíblemente sexy que estaba con el pelo revuelto.

Eli se apoyó en los codos para incorporarse también y tomar sus labios con un beso apasionado, posesivo.

Kara comenzó a moverse encima de él, y cuando

él liberó su boca se irguió y se echó hacia atrás, como lady Godiva a lomos de su montura.

Le puso las manos en el pecho, clavándole las uñas. Sus pechos se balanceaban a solo unos centímetros de su cara, apretados el uno contra el otro por los brazos de Kara. Los pezones endurecidos y sonrosados parecían estar llamándolo. Quería mordisquearlos, lamerlos, poner a prueba su sensibilidad.

Cubrió ambos pechos con las manos, disfrutando con su peso, masajeándolos, excitando los pezones con las yemas de los pulgares. Luego levantó la cabeza para tomar un pezón en la boca.

Kara gimió y se mordió el labio. Eli la asió de nuevo por las caderas, guiando sus movimientos mientras continuaba jugando con sus senos.

Al cabo, sin embargo, ya no podía seguir eludiendo la necesidad que tenía de satisfacer su deseo. Se dejó caer sobre el colchón y observó a Kara cabalgando sobre él. Parecía una diosa.

Hincó los dedos en sus nalgas mientras Kara subía y bajaba, cada vez más rápido, jadeante. Kara cerró los ojos, y Eli notó cómo se tensaba los músculos de su vagina en torno a su miembro.

Kara gritó y se quedó muy quieta, arqueada hacia atrás. Todo su cuerpo se estremeció con la fuerza del clímax, y él, incapaz de aguantar más, se dejó ir por fin, cayendo con ella por el precipicio del placer.

Capítulo Diez

Kara estaba echada sobre el costado, observando el sol hundirse en el horizonte, con su fulgor anaranjado tiñendo las aguas del inmenso océano.

No había duda de que la suite de Eli tenía las mejores vistas de todo el complejo. En fin, suponía que era el privilegio por ser el dueño de aquello.

Era una de las puestas de sol más bonitas que había visto, y nunca se había sentido tan feliz, ni tan cómoda, ni tan satisfecha, una sensación solo empañada por el sentimiento de culpa que estaba empezando a aflorar de nuevo en ella.

Acababa de acostarse con el prometido de su hermana. Bueno, exprometido, sí, pero de eso hacía solo unos días. Por eso, en vez de estar disfrutando de lo increíble que había sido hacerlo con él, allí estaba, preocupándose.

Le preocupaba el brazo de Eli en torno a su cintura por las emociones o las intenciones que podía simbolizar.

Le preocupaba qué le diría a Laurel cuando volvieran a Charleston. Y cómo podría siquiera volver a mirarla a la cara si no le confesaba los pecados de ese fin de semana.

Le preocupaba qué decirle a Eli, al que conocía

desde hacía años y del que llevaba años enamorada. Hacer el amor con él había sido como un sueño hecho realidad, pero aquello no podía durar. De hecho, se temía que estuviera siendo solo una distracción para él, o que solo estuviese consolándose con ella de su ruptura con Laurel.

El pensar aquello la hizo sentirse aún peor, porque si algo no había entrado jamás en sus fantasías, era el quedar de sustituta de la mujer a la que él de verdad amaba.

–Esto ha sido un error –murmuró, con la vista fija aún en la distancia.

Debería vestirse y salir de allí, volver a Charleston, aunque no tuviera ni idea de qué haría cuando llegase allí. Probablemente encerrarse en su cuarto y no salir en varios días aunque su familia se lo suplicara, y negarse a hablar con nadie hasta que pasase la sensación de culpa y de humillación que tenía.

–Pues claro que no –replicó Eli a su espalda.

Le mordisqueó el lóbulo de la oreja y la atrajo un poco más hacia sí con el brazo.

–¿Qué vamos a decirle a Laurel? –inquirió ella con voz temblorosa.

–Nada. Esto no le incumbe en absoluto. Somos dos personas adultas. No tenemos que darle ninguna explicación. Ni a ella, ni a nadie.

¡Si las cosas fueran tan simples…!, pensó Kara, y de pronto el estómago le dio un vuelco al caer en algo que podía empeorar la situación aún más.

–Y no hemos utilizado preservativo –murmuró.

–Lo sé. Me tenías tan excitado que lo olvidé por completo; lo siento –se disculpó él. La besó en la sien y subió el brazo hasta que rozó sus pechos–. Pero no quiero que te preocupes. Sabes que si estuvieras embarazada yo haría lo correcto, ¿verdad?

Estupendo.

O sea, que si se había quedado embarazada del ex prometido de su hermana haría «lo correcto» y se casaría con ella, y eso daría aún más que hablar en Charleston. Aquello tampoco había formado nunca parte de sus fantasías.

Eli suspiró y la tomó del hombro para hacerla girarse hacia él. Luego se incorporó sobre el codo y la miró a los ojos.

–Tienes que dejar de preocuparte por lo que piensen los demás –le dijo.

Kara enarcó una ceja.

–No es solo por lo que piensen los demás; es por lo que pueda pensar mi familia. Me importan y no quiero hacerles daño.

–Pues claro que no. Yo también quiero a tu familia, pero pasas tanto tiempo preocupándote por los demás que nunca te paras a pensar en lo que tú quieres o necesitas –le reprochó Eli acariciándole el cabello–. Tienes derecho a tener tu propia vida, Kara, y a ser feliz.

–Soy feliz –protestó ella.

–No digo que no, pero tu primer pensamiento es siempre para los demás: qué puedes hacer por ellos, qué necesitan…

Kara lo miró irritada.

–¿Desde cuándo es un crimen no ser una bruja egoísta? –le espetó.

Eli sacudió la cabeza.

–Por supuesto que no. Eres una persona increíble, cariñosa, desprendida… Solo quiero que admitas que lo estamos pasando bien y que no tenemos por qué sentirnos culpables.

–Cuando una persona hace algo que puede hacer daño a otra, debería sentir remordimientos –apuntó Kara.

Eli ladeó la cabeza.

–¿A quién le estamos haciendo daño?

Ella abrió la boca para contestar, pero él se la tapó con los dedos antes de que pudiera pronunciar palabra.

–No digas que a Laurel –Eli suspiró y sus ojos castaños se ensombrecieron–. Maldita sea, Kara, no eres su niñera. Es tu hermana mayor; en todo caso debería ser ella la que se preocupara de ti. Pero ni siquiera eso importa porque esto no tiene nada que ver con ella. Laurel es una mujer adulta que puede cuidar de sí misma y tomar sus decisiones, y eso es lo que ha hecho. Canceló nuestra boda porque no quiere casarse conmigo.

A pesar de que Eli tenía el ceño fruncido y era evidente que estaba irritado, Kara vio sinceridad en su mirada y no tuvo más remedio que creerle, por mucho que su instinto le dijera que no era verdad.

–Y no tengo ningún problema con eso. Después de mucho pensarlo he llegado a la conclusión de que en realidad yo tampoco quería casarme con ella. Pero sí sé que quiero estar aquí y ahora contigo. Y me gustaría que tú también lo quisieras.

Kara reprimió un sollozo. Sabía que lo estaba diciendo de verdad; creía lo que le estaba diciendo. Tomó su rostro entre ambas manos, y mirándolo a los ojos, le dijo apenas en un susurro:

–Sí que quiero estar aquí contigo.

Una sonrisa le iluminó el rostro a Eli.

–Bueno, eso ya es algo –murmuró, y tomó sus labios en un apasionado beso.

Los brazos y las piernas de ambos se enredaron mientras seguían devorándose a besos, y cuando Eli levantó jadeante la cabeza una nueva sonrisa volvió a iluminarle el rostro. Era una sonrisa contagiosa, y Kara no pudo evitar sonreír también.

–Y ahora que ya hemos aclarado esto, tengo una proposición que hacerte –le dijo Eli.

Kara enarcó una ceja.

–¿Otra más?

Él sonrió aún más.

–Sí, bueno, otra más.

Ella se quedó esperando a que continuara, con el corazón pendiendo de un hilo.

–Quédate.

Kara abrió mucho los ojos y se quedó callada, inmóvil. Entonces fue Eli quien contuvo el aliento. Kara se humedeció los labios, y Eli se sintió acalorado de repente.

Estaban en medio de una conversación, pero pegados como estaban el uno al otro estaba seguro de que ella tenía que haber notado que se estaba excitando. Con esfuerzo, puso freno a su deseo y trató de centrarse.

–No comprendo –murmuró Kara–. Voy a estar aquí todo el fin de semana cuando en un principio pensé en negarme.

–Lo sé, y agradezco que no lo hicieras –respondió Eli, dándole suavemente con el codo y moviendo las cejas con picardía. Kara se rio–. No, a lo que me refiero es a que te quedes toda la semana. Creo que en un par de días no puedes evaluar el trabajo de Diane, y además así tendríamos más tiempo para estar juntos sin tener que estar pendientes del reloj.

–¿Pero y qué pasa con mi negocio? ¿Y con mi familia?

Eli ya podía saborear la victoria. El que estuviese planteándole esas preguntas indicaba que estaba considerando su invitación.

–Tú eres tu propia jefa –apuntó poniéndose serio y recordándose que no debía ir demasiado rápido–. Además, el único evento que estabas organizando era cierta boda que ya no se va a celebrar –añadió evitando mencionar a Laurel.

Demasiadas veces se había pronunciado ya su nombre en aquella cama. Cuantos menos recordatorios tuviera Kara de que su hermana mientras intentaba convencerla de que se quedara más tiempo, mejor.

–Y en cuanto a tu familia… Ya sabes cuál es mi opinión: no les debemos ninguna explicación. Pero si estás empeñada en compartir los detalles íntimos de tu vida con ellos por algo por lo que ni siquiera deberías sentirte culpable, no sé, seguro que agradecerías retrasar una semana esa confrontación –dijo encogiéndose de hombros e inclinándose sobre ella–. Estamos en un lugar paradisíaco, lo estamos pasando bien… o yo por lo menos –añadió travieso, frotándose contra ella–. Quedémonos unos días más y disfrutemos.

En vez de ponerse tensa o de intentar apartarlo para replicar, su expresión se suavizó, y exhaló un suspiro.

–Con esa labia que tienes serías capaz de venderle hielo a los esquimales –contestó divertida.

–Bueno, cuando uno tiene una buena motivación… –dijo Eli–. Y tú, cariño, eres una gran motivación.

Agachó la cabeza y le tomó los labios con un beso lento y sensual para persuadirla de que se quedase, pero empezó a excitarse él mismo de tal modo, que poco le faltó para hacerla suya de nuevo sin más preámbulos.

Sin embargo, ya había sido descuidado una vez, y no debía volver a repetirse ese descuido. Por eso, se incorporó, despegando sus labios de los de ella, y se inclinó por encima de Kara alargando el brazo para sacar una caja de preservativos del cajón de la mesilla. La tenía allí de siempre, porque había que ser precavido, pero hasta entonces no se había presentado la ocasión de utilizarlos.

–Te prometo que tendré más cuidado a partir de ahora –le dijo a Kara–, pero solo tenemos doce, así que puede que tenga que bajar corriendo a la tienda de regalos en algún momento a comprar más.

–Eso es un poco presuntuoso por tu parte –contestó ella.

–Vamos a pasar una semana juntos. Puede que con una caja no sea suficiente.

Kara se rio.

–Ahora ya sé cómo conseguiste construir tu propio imperio hotelero en solo unos años: no se puede negar que estás muy seguro de ti mismo.

–Pues claro; ¿no creerías que he llegado donde he llegado solamente por mi cara bonita?

–¡Ah, y además eres modesto!

El humor de Kara era contagioso, y los dos acabaron riéndose.

¿Se había reído alguna vez en la cama con una mujer?, se preguntó Eli. No que él recordase, y menos con una erección considerable como la que tenía en ese momento.

Le gustaba eso de reírse en la cama, pensó, y no le costó nada imaginarse riendo de nuevo en la cama con Kara. Incluso se imaginó haciendo cosas para hacerla reír.

Le echaría champán en el ombligo, lo sorbería ruidosamente… Le pondría nata montada en el pecho y la limpiaría con la lengua como un perrito juguetón…

¿Pero por qué fantasear con lo que podría hacer cuando tenía a Kara allí mismo? Y la verdad era que, hablando de comida, estaba muerto de hambre. A excepción de las fresas que habían tomado al llegar, ninguno de los dos había tomado nada desde el desayuno, y ya iba siendo hora de ponerle remedio.

Rodó sobre el costado para alcanzar el teléfono de la otra mesilla y marcó el número del servicio de habitaciones.

Pidió que les subieran unos aperitivos, unos entrantes, y una tarrina grande de helado con nueces que se le había antojado de repente. Cuando le preguntaron si eso era todo se quedó pensando un momento y les pidió que no lo subieran hasta dentro de una hora.

Así le daría tiempo a disfrutar dándose antes un festín con Kara sin molestas interrupciones.

–¿Esperamos compañía? –le preguntó Kara cuando colgó y se volvió hacia ella.

–No, ¿por qué?

–Porque has pedido comida como para alimentar a todo un regimiento.

Eli encogió un hombro.

–Tengo hambre. Pero tenemos tiempo antes de que lo traigan para usar al menos uno de estos –tomó la caja de preservativos, la agitó, y atrajo a Kara hacia sí.

Ella exhaló un largo y exagerado suspiro.

–Está bien. Pero hazme un favor: si tienes que bajar a la tienda de regalos a por más, ponte antes un disfraz. Si malo es que todos tus empleados sepan que nos hemos alojado en la misma suite, peor sería que supiesen también que estamos practicando sexo.

Él enarcó una ceja, incapaz de creer que Kara fuese tan ingenua.

–Siento tener que ser yo quien te lo diga, cariño, pero me temo que probablemente ya se imaginen qué estamos haciendo.

Kara frunció el ceño y lo miró boquiabierta, como si la estuviese ofendiendo.

–Que se lo supongan y que lo sepan son dos cosas distintas –le dijo poniéndose muy digna.

Eli empezó a reírse pero se calló al pensar que probablemente a Kara le molestaría que se riese de su pudor.

–De acuerdo, pero tendrás qué ayudarme con lo del disfraz, porque he olvidado traerme las gafas y el bigote de Groucho Marx –bromeó.

–Por eso no hay problema –dijo Kara. Le quitó la caja de preservativos de la mano y sacó uno–. Te prestaré mis gafas de sol, un vestido y unos zapatos de tacón; nadie sospechará nada.

Eli le quitó el preservativo y la caja y los puso a un lado.

–Ni hablar; no pienso vestirme de mujer. Ni aunque sea para defender tu honor –le dijo con firmeza.

Kara se encogió de hombros, fingiendo indiferencia, pero Eli se dio cuenta de que estaba reprimiendo una sonrisilla.

–Como quieras. Eres tú el que quieres que me quede una semana para que podamos aprovechar tu suite y pasarnos todo el día sudorosos, practicando sexo salvaje a todas horas. Yo solo intentaba ayudar.

Eli se quedó mirándola anonadado. ¿De dónde había salido aquella Kara pícara y desinhibida?

Alargó el brazo y agarró a la vez el preservativo suelto y la caja para arrastrarlos de nuevo a su lado.

–Al diablo –gruñó desgarrando el envoltorio del preservativo con los dientes–. Si hace falta me pondré ese vestido.

Capítulo Once

Kara no llegó a hacer a Eli ponerse uno de sus vestidos, que no le habrían cabido aunque hubiese intentado ponérselos, pero tampoco le dejó que comprara otra caja de preservativos en la tienda de regalos del hotel. Se le encendían las mejillas de solo imaginar que la dependienta sabría exactamente con quién pretendería usarlos, y cómo correría a contárselo a los demás empleados.

Al menos así aún podría pasar por el vestíbulo del hotel con la cabeza alta, y hablar con los camareros del servicio de habitaciones, con las recepcionistas, y con Diane, la coordinadora de eventos, sin ponerse roja como una amapola.

Claro que al acceder a quedarse allí una semana estaba siendo desleal con su hermana –o así era como se sentía, dijera lo que dijera Eli–, estaba faltando a su esquema de valores, y en cierto modo también se estaba faltando al respeto a sí misma. No podía evitar sentir que estaba haciendo algo prohibido, algo escandaloso. Eli le debía una. Más de una.

Aunque ella también a él. Al fin y al cabo estaba en Seabrook Island para evaluar la coordinación de eventos de Ocean Breezes y asesorarles. Era consciente de que Eli se había valido de aquella excusa para llevarla allí y seducirla, el muy pícaro, pero estaba decidida a hacer lo que había ido a hacer allí. Si no, cuando volviera a Charleston, tendría sobre su conciencia que aquel no había sido un viaje de negocios, sino una semana de sexo en un lugar paradisíaco con el exprometido de su hermana.

Eli aprovechaba cada ocasión para aparecer detrás de ella por sorpresa y besarla en el cuello, o para estrecharla entre sus brazos y devorar sus labios con un apasionado beso, o quitarle la toalla cuando acababa de ducharse y hacer que tuviera que ducharse de nuevo, pero por fortuna no era el sexo lo único que tenía en mente.

De hecho, le había dicho que había unos asuntos de trabajo de los que tenía que ocuparse, y que ya que estaban allí iba a aprovechar para atenderlos y ahorrarse así otro viaje a finales de mes.

Por eso ese día, mientras él estaba fuera ocupándose de esos asuntos y de paso yendo a comprar más preservativos a un lugar donde no lo conociesen, ella decidió hacer de tripas corazón y sentarse a hablar con Diane.

No era que estuviera nerviosa, pero desde que Eli las había presentado había tenido la impresión de que no le era precisamente simpática. Quizá fuera porque le gustaba Eli y sentía celos de ella. Claro que si alguien le hubiese dicho eso hacía un par de días se habría echado a reír. Nunca hubiera imaginado que Eli tuviera intención de llevársela a la cama. De hecho, antes de eso probablemente ni siquiera habría tratado de competir con ella por la atención de Eli.

Eso mismo había pasado cuando Eli y Laurel habían empezado a salir. Ella llevaba años enamorada de él, pero en vez de dar un paso adelante y confesarle lo que sentía por él se había mordido la lengua y había sufrido en silencio.

Sin embargo, también había otra razón más que probable que podría explicar la antipatía de Diane hacia ella. Que ella supiera Eli no le había dicho el motivo por el que la había llevado allí, pero el apellido Kincaid era conocido en todo Carolina del Sur, y más con todo lo que estaban publicando los periódicos sobre su familia desde el asesinato de su padre. Tal vez incluso supiese que se dedicaba a la organización de eventos. Y si así era, era posible que sospechara, aunque Eli no se lo hubiera dicho, que estaba allí para evaluar su trabajo, o incluso para quitarle el puesto.

Por eso tenía que tener mucho cuidado con cómo manejar aquel asunto. Tenía que tantearla para ver cómo estaba haciendo su trabajo, pero sin que a Diane le diese la impresión de que estaba siendo sometida al tercer grado. Tenía confianza en poder conseguirlo, siempre y cuando la antipatía de Diane fuese por motivos profesionales y no personales.

Sin embargo, aunque quería tratar el asunto con profesionalidad, no quería que Diane se pusiese a la defensiva desde el principio, así que optó por vestirse de un modo informal, con un vestido camisero perfecto para el agradable día de primavera que era, y unas sandalias planas.

Eli le había indicado dónde estaban los despachos del personal del hotel, y Kara encontró el de Diane sin problemas. Eli se había ofrecido a estar presente en esa primera entrevista con Diane, pero le había parecido que eso solo lo haría más difícil porque Diane estaría en tensión y ella se sentiría incómoda. Por eso había declinado su ofrecimiento y le había dicho que se fuera tranquilo a ocuparse de esos asuntos que tenía pendientes.

Llamó a la puerta del despacho de Diane con los nudillos, y esperó a que esta respondiese antes de plantar una sonrisa amigable en su rostro y entrar en la guarida del león… o de la leona, en ese caso.

Ya era la segunda vez en el día que Eli se descubría silbando una cancioncilla. ¡Silbando, cuando casi nunca lo hacía! Debía ser cosa de Kara, que lo ponía de buen humor.

Había sido una gran idea llevarla a Seabrook Island. Ni siquiera importaba que hubiese aceptado ir con él por la oferta que le había hecho de un posible contrato; la cuestión era que estaba allí con él.

Solo tenía una semana para convencerla de que era con ella y no con su hermana con quien quería estar; no podía dedicar el tiempo que querría para cortejarla y mostrarse todo lo romántico que le habría gustado. En vez de eso había tenido que decantarse por un plan de acoso y derribo.

112

La idea al llevarla allí era que, alejándola de Charleston y de su familia por unos días quizá tuviera la oportunidad de llegar a su corazón y de demostrarle que podían tener una relación duradera.

Claro que debía hacerlo con cuidado, porque si iba demasiado rápido podía acabar ahuyentándola. Y tampoco quería asfixiarla; tenía que dejarle espacio, por mucho que sintiese que le gustaría estar con ella las veinticuatro horas del día y no separarse de ella.

De hecho, dicho así sonaba bastante patético en un hombre de treinta y cinco años, pensó mientras salía de su despacho en la primera planta del hotel para dirigirse al ascensor. Ya no era un adolescente con las hormonas revolucionadas.

Cualquiera a quien le contara que no podía separarse de Kara le diría que eso era que lo tenía comiendo de la palma de su mano. Y quizá fuera así. Era como si Kara hubiese lanzado un hechizo sobre él.

Sin embargo, tampoco podía decir que supusiese para él un sacrificio pasar con ella un día entero: haciendo el amor en la cama al despertarse, en la ducha... Pero también le encantaba estar con ella cuando no estaban practicando el sexo, como cuando almorzaban y estaba sentado frente a ella. Disfrutaba muchísimo conversando animadamente con ella y viéndola comer.

Kara era inteligente, divertida... y también bastante vehemente cuando expresaba sus opiniones, aunque sin resultar irritante por ello. Cualquier tema que él sacase podía dar pie a Kara para una apasionada y larga discusión. La otra noche, sin ir más lejos, habían estado casi una hora hablando de política, pero en vez de enzarzarse en una confrontación con ella le había parecido que tenía una visión perspicaz y refrescante.

El ding del ascensor le indicó que había llegado a su planta privada. Al salir paseó la mirada por la suite buscando a Kara. No la veía, ni se oía una mosca, pero tal vez estuviera en el baño o el balcón.

–¿Kara? –la llamó, pero no hubo respuesta.

Miró en las distintas habitaciones de la suite, y como no parecía que estuviera, entró en el dormitorio y se sentó en la cama para llamar al servicio de habitaciones y hacer un pedido especial.

Se había pasado la mañana haciendo visitas de negocios a algunos proveedores, y aunque no era nada urgente se alegraba de habérselo quitado de encima porque así podría concentrarse en lo realmente importante: estar con Kara.

También había aprovechado la salida para comprar otro paquete de preservativos.

Cuando estaba dándole las gracias al empleado al otro lado de la línea oyó el ascensor. Debía ser Kara. Le había dado una tarjeta para el ascensor para que pudiera moverse con libertad cuando no estuviera con ella.

Colgó el teléfono y al salir del dormitorio se la encontró en uno de los sofás del salón con un montón de carpetillas y una abierta, que estaba leyendo absorta con las gafas en la punta de la nariz.

¿Cómo podía estar tan sexy y tan adorable al mismo tiempo? Parecía una contradicción, pero en su caso ambas cosas eran posibles al mismo tiempo. Por un lado le entraban ganas de comérsela a besos y darle un abrazo, y por otro de alzarla en volandas y llevársela al dormitorio para hacer cosas de adultos.

A decir verdad en ese momento se estaba decantando más por lo segundo, pero había hecho planes y no iba a echarlos a perder por satisfacer su sed de ella.

Se aclaró la garganta para no darle un susto apareciendo de repente, pero Kara estaba tan enfrascada en lo que estaba leyendo que dio un respingo y cuando alzó la cabeza hacia él parpadeó sorprendida.

—Eso que estás leyendo debe ser fascinante para que estuvieras tan abstraída —comentó.

Ella cerró la carpeta que tenía en la mano y la dejó sobre la mesita que tenía enfrente junto con las demás.

—¿Qué es todo eso? —inquirió Eli.

—Trabajo. Más del que esperaba —murmuró ella. Luego sacudió la cabeza y añadió—: Son informes y papeles que me ha dado Diane de los eventos que se han celebrado en Ocean Breezes en los años anteriores.

Eli ladeó la cabeza.

—Por tu tono me da la impresión de que ya te has formado una opinión de la labor de Diane.

En vez de contestar, Kara se mordió el labio inferior, pero con eso ya lo dijo todo.

–Ya veo –murmuró Eli frotándose la frente. Debería haber esperado a otro momento para hablar de aquello–. Bueno, es igual; ya hablaremos luego de eso. Porque ahora tengo una sorpresa para ti.

A cualquier otra mujer se le habría iluminado el rostro al oír aquello, o se habría puesto a dar saltos de emoción y de impaciencia, pero Kara, que no era como las demás –cosa que había sabido desde el principio–, lo miró con recelo.

Eli, lejos de molestarse, sonrió divertido. Era evidente que Kara aún se sentía nerviosa por lo que estaban haciendo, que estaba confundida por sus sentimientos hacia él, y también por lo que se pudiera derivar de ambas cosas.

Si esa tarde las cosas iban como esperaba, estaría un paso más cerca de desterrar los temores de Kara y de convencerla de que podían... de que debían estar juntos a pesar de que las circunstancias fuesen un tanto inusuales.

–No frunzas así el ceño, mujer –le dijo con fingida severidad–. Es algo que te va a gustar; te lo prometo. ¿Necesitas entrar al baño o cambiarte?

Ella enarcó una ceja.

–¿Dónde vamos?

–Ya te lo he dicho; es una sorpresa. Pero está un poco lejos de aquí, así que quiero asegurarme antes de que salgamos que no tendremos que volver.

Ella se quedó pensando un momento antes de asentir.

–Está bien, dame un momento –dijo, y entró en el dormitorio.

Minutos después regresaba con el cabello recogido en una coleta y con un pequeño bolso de mano. Típico, pensó Eli, ya que las mujeres no iban a ninguna parte sin lo esencial: dinero, un peine, lápiz de labios, sombra de ojos…

La tomó de la mano, la llevó hasta el ascensor y pulsó el botón para llamarlo. El que Kara no se apartase de él ni le soltase la mano le dio esperanzas. En realidad no lo había hecho ninguna de las veces que la había tocado o la había besado desde la primera vez que habían hecho el amor. Para él eso significaba que estaban haciendo progresos, y de momento se daba por satisfecho.

Capítulo Doce

Desde el momento en que pasaron por recepción para recoger una bolsa enorme de tela con el logotipo del hotel, y luego fueron a la cocina a recoger una cesta de picnic, Kara se hizo una idea de cuál iba a ser la sorpresa de Eli. Claro que no dijo nada, por supuesto, para no arruinársela.

Se sentía algo abrumada. ¡Estaba siendo tan tierno, tan atento y tan romántico…! Hacía siglos de la última vez que un hombre la había tratado de esa manera.

Claro que decidido como estaba Eli a seducirla, cosa que todavía no acababa de creerse, parecía que estaba haciendo todo lo posible por agradarla.

Sin embargo, ¿no había conseguido ya lo que perseguía en el fondo con aquel viaje, llevársela a la cama? No entendía por qué motivo estaba tomándose tantas molestias.

Salieron del hotel por una salida lateral, y la llevó por un camino de adoquines en dirección a la playa. Cuando llegaron a la arena, se detuvo.

–A lo mejor quieres descalzarte tú también –le dijo soltándole la mano para quitarse los zapatos.

Kara se quitó las sandalias y echaron a andar por la playa. La arena se le colaba entre los dedos de los pies, y la brisa marina le levantaba la coleta, haciendo que se escapara de ella algún que otro mechón. Le encantaban esas sensaciones.

Viviendo como vivía en Charleston estaba muy cerca del mar, pero nunca parecía encontrar tiempo para disfrutar de él, y había olvidado lo refrescante que era la brisa del océano, y la paz y la serenidad que proporcionaba el sonido de las olas.

Cuanto más se alejaban el terreno se volvía más rocoso, y también se veían menos turistas. Siguieron andando, y Kara vio un cartel de advertencia: «Playa privada; no pasar». Unos metros más adelante vio otro parecido: «Prohibido el paso; los infractores serán multados». Y finalmente un poco más adelante otro que decía: «Peligro: aguas infestadas de tiburones; no pasar». Tenía un dibujo bastante tosco de un tiburón sediento de sangre devorando a un infortunado bañista.

Suponía que podía haber tiburones en cualquier punto del Atlántico, pero nunca había oído que las aguas de Seabrook Island estuvieran «infestadas» de tiburones, ni había oído noticias de que ninguna persona hubiese sido atacada por tiburones en esa zona.

–Por favor, dime que no me has traído aquí para servir de pasto a los tiburones –le dijo a Eli.

Él sonrió travieso.

–Te ha gustado ese último cartel, ¿eh? –le contestó riéndose–. Le pedí a uno de mis empleados que los pusiera para que pudiéramos tener intimidad. Encontramos ese cartel al fondo de un armario del almacén y a los dos nos pareció que si los otros dos carteles no disuadían a la gente, ese último seguro que sí lo conseguía.

–Supongo que sí.

Unos metros más adelante rodearon una curva en la playa y llegaron a una zona que casi parecía una isla en sí misma. Había pequeños árboles, plantas silvestres que crecían aquí y allá, y una extensión perfecta de blanca y fina arena.

Eli soltó la bolsa y la cesta, y sacó de la primera una manta enorme que extendió en la arena. Luego sacó también platos, cubiertos, servilletas, copas, y una botella de vino.

–Siéntate –le dijo a Kara señalando la manta con un ademán.

Mientras ella tomaba asiento, Eli fue sacando todo un festín de la cesta de picnic: tartaletas de cangrejo, sándwiches, brochetas de pollo con verduras asadas, ensalada, y de postre una bandeja con pastelitos variados. A Kara se le estaba haciendo la boca agua.

Eli le sirvió un poco de todo en un plato y se lo tendió para prepararse a continuación uno él también. Luego descorchó la botella de vino –un claret–, y le sirvió una copa a ambos.

–Está todo buenísimo –dijo ella cuando llevaban un buen rato comiendo en silencio.

–Nuestro chef es uno de los mejores.

Kara contrajo el rostro.

–De hecho, eso es algo de lo que quería hablarte.

Eli enarcó una ceja.

–¿No irás a discutirme que es uno de los mejores chefs de Carolina del Sur? Porque no puedo creerme que después de probar estas tartaletas…

–No lo digo por él –lo interrumpió Kara–. Es que como he estado hablando con Diane, y hemos estado viendo los informes de algunos de los eventos que habéis organizado hasta ahora…

–Continúa –la instó él cuando vaciló. Lo dijo en un tono desprovisto de emoción, el tono de un hombre de negocios esperando a oír los detalles antes de tomar una decisión.

Kara se sentía incómoda ante la idea de sacarle faltas a cómo se gestionaban las cosas en Ocean Breezes, pero se suponía que esa era la razón por la que estaba allí, así que después de juguetear con los bordes de la tartaleta que tenía en la mano, inspiró profundamente y alzó la vista para mirarlo.

–Verás, por lo que me ha contado y he podido ver por los informes, Diane le ha estado ofreciendo a los clientes paquetes, en vez de eventos personalizados –le explicó–. Por ejemplo, cuando alguien viene para informarse porque quiere celebrar aquí su boda, le pide que elija entre un reducido número de «bodas tipo», por así decirlo. Los menús ya están diseñados, siempre utiliza las mismas orquestas y las mismas selecciones de música, reutiliza los adornos… –encogió un hombro y tomó un sorbo de vino–. En fin, eso hasta cierto punto no tiene nada de malo. Yo misma tengo menús confeccionados para los clientes que no tienen claro lo que quieren, y también tengo los números de algunas orquestas a mano dependiendo las necesidades del cliente según el evento…

–Pero… –la instó él a continuar.

–Pues que esto es Ocean Breezes.

En los círculos sociales de la gente importante y de dinero el solo nombre lo decía todo. Era uno de los lugares más escogidos por esa clase de personas para pasar un fin de semana o las vacaciones.

–Ocean Breezes es un complejo hotelero de lujo, un lugar de ensueño. Alguien que celebra su boda o su aniversario aquí no quiere el típico menú de carne y marisco. Quiere un menú hecho a medida, y flores y adornos escogidos expresamente para la ocasión. Cada detalle debe ajustarse lo más posible a la boda o el aniversario con el que sueñan, y debe ser algo único.

Kara se echó hacia atrás, aliviada de haber terminado de decir lo que tenía que decir. Ahora solo quedaba ver qué opinaba Eli.

–En otras palabras –murmuró este al cabo de unos tensos segundos de silencio–: somos como el Plaza pero le ofrecemos a nuestros clientes la clase de servicios que les daría un motel.

Kara contrajo el rostro.

–Algo así.

–¿Y qué sugieres para ponerle remedio a esa situación?

–Bueno, depende de hasta dónde estés dispuesto a llegar.

Eli se rio, y en un instante la situación dejó de

ser incómoda y pasó a ser de nuevo distendida. Alcanzó su copa de vino y tomó un largo trago sin prisas.

–Creo que me conoces lo bastante bien como para saber que soy de los que no dejan las cosas a medias –contestó con un guiño para resaltar el doble sentido de sus palabras–. Quiero que mis hoteles sean los mejores, y Ocean Breezes es la joya de Houghton Hotels and Resorts. No me importa lo que cueste, o los cambios que haya que hacer. Así que dime, ¿qué nos recomiendas?

Kara bajó la vista a su plato y jugueteó un poco con la comida antes de responder sin mirarlo.

–Creo que tenéis que averiguar qué es lo que quieren los clientes y dárselo; no solo ofrecerles unas cuantas opciones entre las que elegir, sino hacer realidad sus deseos.

–Bueno, hasta ahora creía que era lo que estábamos haciendo –murmuró Eli–. Hablemos claro, Kara: ¿tiene Diane lo que hace falta para el puesto en el que está o no?

Kara dejó el tenedor en el plato con un suspiro y lo miró a los ojos.

–No quiero responder esa pregunta. No me corresponde a mí evaluar a tus empleados. Sé que me has traído aquí para eso, pero… –sacudió la cabeza–. He estado hablando con ella dos horas, pero no he terminado de leer todos los informes que me ha dado.

–Pero tu instinto te dice algo, ¿no es así? Ya te has formado una opinión aunque no tengas todas las piezas del puzzle –dijo Eli–. Yo también sigo mi instinto en los negocios, Kara, y quiero saber qué te dice tu instinto.

–Está bien –claudicó ella, aunque detestaba lo que estaba a punto de hacer–. Diane me parece una buena persona, y probablemente se le dé muy bien el trato con la gente.

–Es lo que yo he pensado siempre –asintió él.

–Pero no parece que le importen mucho los eventos que organiza. Parece como si lo hiciera poniéndole el menor esfuerzo posible, por decirlo de alguna manera. Le gustan los paquetes que ha creado para los clientes porque hacen su trabajo más fácil. No tiene que recorrerse toda la isla buscando una floristería que venda lirios fuera de temporada, o pasarse dos días al teléfono para encontrar una orquesta de timbales.

–Y eso es lo que haces tú normalmente por tus clientes –dedujo él.

Kara se rio.

–Ni te imaginas las cosas que he tenido que llegar a hacer. Una vez tuve que traer a un mago desde Seatle para una fiesta de cumpleaños y fui a recogerlo al aeropuerto. Era un tipo con un montón de manías. Durante el trayecto insistió en conducir él porque no se fiaba de nadie más que de sí mismo al volante, y me hizo llevar a dos de sus conejos en el regazo. Los sacó de la jaula y me hizo llevarlos en el regazo porque decía que si no se estresaban antes del espectáculo. Uno se me meó encima, y el otro hizo algo peor.

–¿En serio? –inquirió Eli sonriendo divertido, como si estuviera intentando contener la risa.

–Como te lo cuento. Ese mismo día tiré a la basura la falda que llevaba, por supuesto –dijo Kara estremeciéndose–. Y tuve que llevar el coche a lavar para que lo limpiaran bien por dentro.

Esa vez Eli no pudo evitar reírse.

–Supongo que a tu cliente le cobrarías un recargo por todo eso.

–Ya lo creo.

Por suerte a los padres del niño que celebraba el cumpleaños parecía que les sobraba el dinero y no habían pestañeado cuando les había entregado la factura. Le habían firmado un cheque sin ponerle una pega y hasta la habían recomendado a un par de matrimonios amigos que querían celebrar otros eventos.

–No me imagino a Diane con un par de conejos en el regazo. Y si además se le hicieran encima sus necesidades pondría el grito en el cielo –dijo Eli riéndose.

Kara alargó el brazo para darle una guantada en el hombro.

–Lo siento, lo siento –se disculpó Eli, riéndose de nuevo a pesar de todo–. Es que me lo estoy imaginando y tiene mucha gracia.

–Y eso que no te he contado cómo iba vestido el tipo. Llevaba su disfraz de mago, pero no el típico disfraz de mago al uso; llevaba un mono morado brillante y una capa. Imagínate pasearte por el aeropuerto con alguien vestido así.

Llegados a ese punto Eli estaba desternillándose de la risa, y ella se echó a reír también.

—Está bien —dijo cuando se hubieron calmado los dos—, admito que tiene su gracia. Pero si me dejas acabar antes de seguir riéndote de mis desventuras, lo que quiero decir es que creo que para organizar un evento y que tus clientes queden satisfechos tienes que estar dispuesto a darles lo que quieran, aunque sea excéntrico o difícil de conseguir, y me parece que eso es lo que falla en Ocean Breezes. Si cambiarais eso seguro que tendríais más reservas para eventos y que los mismos clientes, al quedar satisfechos, os harían propaganda gratis.

Eli se puso serio de nuevo y respondió.

—En ese caso supongo que tendremos que prescindir de Diane. ¿Estarías dispuesta a tomar tú las riendas?

Kara se echó hacia atrás y lo miró con los ojos muy abiertos.

—¿Me estás ofreciendo un trabajo? ¿Su trabajo?

—Si te interesa, por supuesto.

—Pero yo… Tú… —Kara se llevó las manos a las mejillas, se tomó un minuto para poner en orden sus pensamientos y lo intentó de nuevo—. Sabes que puedes contar conmigo para ayudar, y lo haré encantada, pero no puedo abandonar Prestige Events y marcharme de Charleston para venir a trabajar aquí; lo siento.

—No era eso lo que quería decir. Nunca te pediría que abandonases tu negocio. Sé lo mucho que te ha costado hacerlo despegar. Más bien estaba pensando en que podrías venir aquí cada cierto tiempo para supervisar los eventos. Al menos para empezar. Luego tal vez podrías contratar a unos cuantos empleados para que te ayudasen con tu negocio, y cuando tengas a uno que se maneje bien y en el que puedas confiar, podrías mandarlo aquí, a Ocean Breezes, para que te tenga informada de los eventos y consulte contigo lo que sea necesario hacer.

Kara no sabía qué decir.

–Llevabas mucho tiempo queriendo contratar a alguien que te echara una mano con el negocio, ¿no? –le insistió Eli–, para no tener que llevarlo todo tú sola.

–Es cierto –admitió Kara–. ¿Cómo lo sabías?

Él esbozó una sonrisa misteriosa.

–Sé más de lo que imaginas. Claro que también ayuda el que sea increíblemente inteligente, que presto atención cuando algo me interesa, y que todas las semanas ceno con tu familia y contigo en casa de tu madre.

Kara sonrió.

–En eso no había caído.

–Sería la oportunidad perfecta para que lo hicieras. Tú serías quien llevara las riendas de los eventos aquí, en Ocean Breezes, pero estarías en Charleston ocupándote de tu negocio y tendrías aquí a un empleado tres o cinco días de la semana para tenerte informada de cómo va todo y para hacer las gestiones que hagan falta.

Era tentador, muy tentador. Kara se mordió el

labio, considerándolo, pero llegó a la conclusión de que no podía tomar una decisión así en ese mismo momento. Necesitaba más tiempo para pensarlo.

–No te digo que no –respondió finalmente–, pero tampoco puedo decirte que sí. Todavía no. Pero respecto a la organización de eventos en Ocean Breezes… ¿Puedo hacerte una sugerencia?

Eli enarcó una ceja.

–Claro; eso es lo que esperaba al traerte aquí.

–Deja a Diane que se quede. Podría organizar con ella algún evento importante para finales de verano, como una barbacoa en la playa, por ejemplo. Algo abierto a todos los huéspedes. Podríamos utilizar ese evento para promocionar Ocean Breezes, invitando también a gente de la prensa para mostrarles la clase de eventos que queremos celebrar a partir de ahora, eventos únicos y de calidad.

–De acuerdo, me gusta la idea. ¿Y luego qué?

–Con ese evento quizá también podríamos conseguir que Diane recupere el entusiasmo por su trabajo. Tal vez el problema sea simplemente que se ha convertido en una rutina para ella y necesita aires nuevos, algo que la motive. Si ves que no funciona puedes despedirla, y yo reconsideraría tu idea de contratar a alguien para que me ayude con el negocio y enviarlo aquí. Claro que no te saldrá barato –le advirtió.

Eli sonrió divertido.

–Me lo imaginaba. Pero cuando uno quiere algo, algo le cuesta, así que estoy dispuesto a pagar lo que haga falta.

Kara entornó los ojos y le señaló con un dedo acusador.

–Ya veo lo que pretendes… –bromeó–. Estás intentando camelarme con toda esta charla: ofreciéndome que me ocupe de la organización de los eventos, que contrate empleados para mi negocio… y que tendré todo el dinero que necesite para los gastos que se presenten: una cuenta de gastos sin límites.

–Bueno, yo no recuerdo haber dicho nada de una cuenta de gastos sin límites.

–Ah, pues habría jurado que lo habías dicho –contestó ella mirándose las uñas con fingida inocencia.

–Buen intento –respondió él sonriendo.

Kara encogió un hombro. Si acababa trabajando para él estaba segura de que Eli pagaría todos los gastos que surgieran sin poner ningún problema; no era un hombre tacaño y sabía que ella nunca haría gastos innecesarios.

–¿Y para qué crees que estoy intentando camelarte? –inquirió él.

–Para conseguir sexo, por supuesto –contestó ella–. Sé que solo me quieres por mi cuerpo –bromeó, curiosa por ver cómo reaccionaría a esa afirmación.

–En lo de solo te equivocas –replicó él con voz ronca–, pero no te equivocas en que quiero tu cuerpo.

–¿Vamos a hacerlo aquí en la playa? –inquirió ella con picardía, peinándole el cabello con los dedos.

–Pues no lo sé; podríamos –respondió Eli, inclinando la cabeza para besarla en el cuello.

Kara echó la cabeza hacia atrás con un ronroneo de placer.

–No lo he hecho nunca en la playa –murmuró. La sola idea la excitaba–. ¿No hay un cóctel que se llama así, Sexo en la Playa? Nunca lo he probado. Me gustaría probarlo.

Eli se rio suavemente contra su piel.

–En cuanto volvamos al hotel te invitaré a uno. Primero sexo y después ese cóctel.

–¿Y si lo quiero al revés? La verdad es que estoy sedienta.

Eli sabía que solo estaba picándolo.

–Bueno, si tanta sed tienes puedo usar el móvil para llamar y pedir que nos traigan uno –le dijo entre beso y beso–, pero para cuando llegue el camarero con él estarás desnuda y debajo de mí. ¿Seguro que quieres arriesgarte a que te vean así?

Kara enarcó una ceja y sonrió divertida.

–Tienes razón. Primero el sexo y luego el cóctel.

Eli asintió.

–Sabia decisión.

–Es que soy una mujer muy sabia.

–Sí que lo eres. Y endiabladamente sexy también –añadió él subiendo la mano por su muslo e introduciéndola por debajo de la falda.

Ella volvió a sonreír.

–Me alegra que estemos de acuerdo en eso. Tú también eres bastante sexy.

–Gracias. Yo diría más. Diría que juntos hacemos

130

una pareja tremendamente sexy –apuntó Eli, mientras sus dedos jugueteaban con el elástico de las braguitas de Kara–. Una pareja tremendamente sexy que está a punto de hacerlo en una playa privada.

–Umm… –murmuró ella, echando la cabeza hacia atrás cuando los labios de Eli descendieron por el valle entre sus senos–. A cada minuto que pasa se me va pasando la sed.

–Bien. Veamos si puedo quitártela del todo.

Capítulo Trece

A la mañana siguiente, muy temprano, Kara estaba reconsiderando su decisión de rechazar la oferta de Eli de un puesto a jornada completa en Ocean Breezes. El complejo era precioso. La isla era preciosa. La gente era amable y servicial.

¿Qué podría ser mejor que despertarse por la mañana con el ruido de las olas, o que el olor salado de la brisa marina, o que el sol alzándose en el horizonte sobre el océano, tornando de un azul zafiro?

Aquello, simple y llanamente, era el Paraíso, el Cielo en la tierra. O quizá estaba pensando esas cosas porque se sentía feliz. A pesar de que a menudo se había advertido a sí misma que no debía dejarse llevar por el romanticismo durante esa semana con el hombre de sus sueños, no había podido evitarlo.

Un picnic en la playa. Las gaviotas sobrevolando por encima de ellos. Un hombre guapísimo sentado frente a ella. Un montón de comida deliciosa. Un entorno espectacular. Una compañía aún mejor.

La había halagado, había flirteado con ella, la había escuchado, se había reído con ella… Y luego había empezado a besarla, a acariciarla, y le había hecho el amor en la playa. Y luego había cumplido su promesa de invitarla a tomar un cóctel Sexo en la Playa.

¿Qué mujer podría resistirse a un hombre así? Ella desde luego no podía, y estaba cansada de intentar resistirse. Al volver a su habitación después del picnic y la sesión de sexo en la playa los dos habían necesitado una ducha.

Kara no había protestado cuando Eli la había llevado al cuarto de baño, había abierto el grifo de la ducha y los había desvestido a ambos antes de entrar con ella.

Hacía unos días sí que habría protestado y habría intentado apartarlo. No porque no quisiera ducharse con él, sino porque había estado convencida de que no estaba bien que quisiera ducharse con el hombre que había estado prometido con su hermana.

En algún momento esa sensación de culpa, de estar traicionando a Laurel, se había ido diluyendo, y en su lugar había quedado únicamente el deseo y el amor que sentía por Eli.

Y había empezado a creer que él quizá sintiera también algo por ella, que no se trataba solo de una necesidad de sexo por despecho, ni de vengarse de Laurel, sino que tal vez de verdad sintiese algo por ella. Ese pensamiento hacía que una sensación cálida aflorara en su pecho, igual que si se hubiera envuelto en un viejo jersey de lana suave y calentito.

Se rio de sí misma, aliviada de que nadie pudiese oír las tonterías que estaba pensando mientras deambulaba por los pasillos del hotel. Comparar con un viejo jersey la adoración que sentía por Eli no resultaba muy poético. Pero era verdad que en su armario tenía algunas prendas que, aunque viejas, la hacían sentirse mejor cuando estaba melancólica o nostálgica. Nunca se desharía de esas prendas, y si algo les ocurriera probablemente hasta echaría unas lagrimillas.

Y, del mismo modo que estaba echando en falta su jersey favorito, también sintió un deseo repentino de ver a Eli. De verlo, de tocarlo, de hablar con él... Simplemente de tenerlo a su lado y preguntarle cómo le estaba yendo el día.

Y daba igual que hubiesen estado juntos hacía menos de una hora. Se había despertado en sus brazos, apretada contra su cálido cuerpo, en la misma postura en que se habían quedado dormidos después de una increíble sesión de sexo.

Y esa mañana al despertarse lo habían hecho otra vez. Nunca había pensado que pudiese disfrutarse tanto con el sexo matinal, pero con Eli parecía que cualquier hora era buena para disfrutar del sexo, ya fuera mañana, tarde o noche. Y también en cualquier lugar, ya fuera la cama, el suelo, el sofá, la arena de la playa o el asiento trasero del coche. En cualquier sitio y en cualquier momento que la desease, ella estaba más que dispuesta. Y si no era él quien iniciaba esos encuentros, tampoco tenía problema en ser ella quien lo hiciese.

Sin embargo, aunque se moría por ir en su busca y volver a hacer el amor con él, no iba a hacerlo. Iba a mantener la compostura, a comportarse como una dama, como su madre le había enseñado, y esperaría a que volviesen a estar a solas. Lo que probablemente no sería hasta la noche, pensó dejando escapar un suspiro.

En fin, se mantendría ocupada hasta ese momento. Su plan era recorrer el complejo para familiarizarse con la distribución de los edificios y las áreas de recreo y así poder hacerse una idea de lo que tenía que ofrecer para la organización de eventos.

Eli y ella habían estado hablando de celebrar la barbacoa a finales de agosto o en septiembre, cuando a la mayoría de la gente ya se les habrían terminado las vacaciones de verano, pero aún haría buen tiempo y habría una temperatura agradable.

Ella estaba tomando nota de todas las actividades que se ofertaban en el complejo y que podrían encuadrarse dentro del evento, como lecciones de tenis, un tratamiento de spa, vela, esquí acuático, voleibol playa, y quizá incluso un paseo en carruaje por la isla. Solo tenía que asegurarse de que todas las actividades fueran aptas para adultos y niños.

Con la libreta en que solía hacer sus notas se dirigió al salón de baile.

–¡Señorita Kincaid!

Kara, que tenía la mano en el pomo de la puerta y se disponía a abrirla, se giró al oír que alguien al final del pasillo la llamaba.

–Ah, hola, Diane –la saludó al verla acercándose a ella–. Iba a pasarme luego por su despacho para hablar de un evento que Eli quiere celebrar a finales de verano.

–Sí, claro, perfecto. Se hará lo que él quiera –contestó aturulladamente Diane, asintiendo con la cabeza–. De hecho, por eso estaba buscándola. Porque quería hablarle del motivo por el que ha venido aquí. Imagino que se sentirá usted muy especial, pensando que Eli la ha traído aquí para quitarme mi puesto.

Kara contrajo el rostro. Había tenido la esperanza de que aquella confrontación no se produjera, y creía que la había evitado al convencer a Eli para que le diera una segunda oportunidad a Diane. Aunque no sabía muy bien qué iba a decir, abrió la boca para responder, pero Diane no le dio ocasión de pronunciar ni una sílaba.

–Pues le aseguro que no es así –dijo alzando el rostro desafiante–. Estoy aquí porque Eli me quiere. Llevamos años juntos. Creó este puesto específicamente para mí. Para que yo estuviera aquí cuando viniera a hacer una visita al complejo y nadie supiera lo que hay entre nosotros –sacudió la rubia melena, y sus pechos operados rebotaron con el movimiento–. Era importante mantener nuestra relación en secreto para que él pudiera cortejar a su hermana. No puedo decir que me alegrara que se comprometiera, pero lo comprendí. Eli siempre había querido casarse con una mujer que perteneciera a una familia rica e influyente para consolidar su propia fortuna. Su hermana más que una esposa iba a ser un trofeo para él. Es conmigo con quien Eli quiere estar en realidad.

–¿Perdón? –balbució Kara, sintiéndose como si

le hubiesen golpeado con un mazo en la cabeza. Lo que estaba diciendo aquella mujer no tenía ningún sentido.

–Admito que me sentí aliviada cuando supe que su hermana había cancelado la boda, porque eso significaba que podríamos seguir juntos. Pero entonces apareció usted. Supongo que después de todo Eli ha decidido seguir adelante con su plan de casarse con una mujer de buena familia.

Kara tragó saliva, haciendo un esfuerzo por mantener la compostura. Por mucho que quisiera echarse a llorar o pegarle un puntapié en la espinilla a aquella mujer, no iba a darle esa satisfacción.

–¿Por qué me está contando esto? –le preguntó, con la esperanza de que la expresión de su rostro pareciera tan neutra como había intentado que sonara su voz.

Diane se encogió de hombros.

–Solo quiero que sepa que, le haya dicho lo que le haya dicho Eli, no va a deshacerse de mí para ponerla a usted en mi lugar. Aunque se casen y con eso consiga la esposa de buena familia que siempre ha querido tener, seguiría conmigo. Pero no tiene que preocuparse –parpadeó y le dedicó una fría sonrisa muy calculada–. Seguiré cuidando bien de él; en la cama y fuera de ella.

Y dicho eso se dio media vuelta y se alejó. Kara la siguió con la mirada, observando el contoneo de sus caderas, y cómo se movía de un lado a otro su melena rubia mientras sus largas piernas avanzaban con paso firme.

Durante un buen rato se quedó allí paralizada, sintiéndose tremendamente confundida. Era casi como si hubiese tenido una experiencia extracorpórea y hubiese estado observando aquella escena fuera de su cuerpo, flotando en el aire encima de Diane y de ella.

Al darse cuenta de que estaba conteniendo el aliento espiró e inspiró lentamente. El olor a mar, que hasta hacía unos minutos le había parecido revitalizante, en ese momento le pareció rancio e hizo que se le revolviera el estómago. Además, a pesar de que estaban en abril y la temperatura era agradable y fresca, de repente se notaba acalorada y con las manos sudorosas.

Se apartó de la puerta del salón de baile y se obligó a caminar. Primero un pie, luego el otro, y así hasta regresar a la suite de Eli, que gracias a Dios no estaba allí. Si hubiera estado allí no habría podido plantarle cara; se habría derrumbado.

Estaba enamorada de él y había creído que quizá él la amara también. Se había dejado seducir por su encanto, y había creído sus palabras lisonjeras y sus gestos románticos.

Pero durante todo ese tiempo había estado jugando con ella. Tal y como se había temido solo había ido tras ella porque Laurel había roto con él. Si no podía casarse con una de las hermanas Kincaid, se casaría con la otra. Parecía que le era indiferente.

Una ola de humillación y culpabilidad la invadió. Había accedido a ir allí con él, se había dejado arrastrar a su cama, traicionando a su familia, y todo... ¿para qué? Para sentirse como una tonta, una grandísima tonta.

Fue a por sus maletas y empezó a guardar sus cosas. Las lágrimas le nublaban la vista, pero se negaba a dejar que rodaran por sus mejillas.

Eli le había mentido y la había utilizado, sí, pero había sido ella la que había sido tan estúpida como para creerle. No podía dar marcha atrás y deshacer lo que había hecho a lo largo de esa semana, ni borrar de un plumazo sus sentimientos, pero sí podía ponerle freno a aquello.

Podía dejar de ser tan crédula y tan fácil de convencer. Podía abandonar Seabrook Island y no mirar atrás, con la esperanza de que su familia la perdonase por sus pecados y su estupidez. Eso, si alguna vez llegaba a tener el valor suficiente para contarles lo que había hecho, lo rápido que había pasado de estar a punto de haber sido la dama de honor de su hermana, a haberse acostado con su exprometido.

Cuando hubo acabado de hacer las maletas bajó las escaleras para irse derecha al edificio del servicio de alquiler de coches que tenía el complejo. Y media hora más tarde se alejaba a toda velocidad de Ocean Breezes rumbo a Charleston. Atrás dejaba la isla, a Eli, y nada más que recuerdos que se habían tornado en un momento tremendamente amargos.

Capítulo Catorce

Un ruido tan insignificante no debería sobresaltar a una persona y hacer que el corazón empezara a latirle como un loco, pero cuando sonó el timbre de la puerta de Kara, eso fue exactamente lo que le ocurrió a ella.

En ese preciso momento estaba preparándose una taza de té, y al oír el timbre dio tal respingo que derramó el té en el platillo y en la encimera. Maldiciendo entre dientes soltó la tetera y fue a por una bayeta para limpiar el desaguisado, pero no se dio ninguna prisa por ir a abrir. Más que nada porque no quería ir a abrir. No quería saber quién estaba llamando a su puerta.

Hacía ya una semana que había vuelto a Charleston enfadada, sola, y por encima del límite de velocidad permitido. No le había dicho a nadie que estaba de vuelta; ni siquiera a su familia.

A pesar de que al principio se había sentido culpable por irse fuera de la ciudad con todo el asunto del asesinato de su padre, al volver a casa con el corazón roto se había sentido demasiado desgraciada como para pensar en nada o en nadie más que en sí misma.

Sabía que estaba autocompadeciéndose y que

era un comportamiento patético. Llevaba días reprendiéndose a sí misma, irritada por haber permitido que un hombre la hubiera reducido a ese estado.

Y estaba a punto de conseguir sacudirse de encima la melancolía, de verdad que lo estaba, pero si era Eli quien estaba llamando a su puerta, estaba segura de que el volver a verlo complicaría las cosas de nuevo y entonces no querría salir de casa en un mes. Ya había evitado contestar el teléfono la docena de veces que la había llamado, y se negaba a escuchar los mensajes que le hubiera dejado.

Volvieron a llamar al timbre, pero no con la insistencia con que le habría pensar que sí era Eli. Tal vez fuera alguien de su familia.

Dejó la bayeta en la encimera y fue a abrir sin muchas más ganas que si hubiese sido Eli. No sabía cómo iba a mirarles a la cara con lo que estaba ocultándoles. No sabía cómo iba a mirarles a la cara después de lo que había hecho… de lo que Eli le había hecho a ella.

Al llegar a la puerta echó un vistazo por la mirilla y al ver quién era gimió y dejó caer la cabeza contra la madera. De todos los miembros de su familia que podían haberse pasado por allí cuando se sentía como un trapo… ¡que tuviera que ser precisamente Laurel!

–Kara –oyó a su hermana llamarla desde fuera–. Kara, sé que estás ahí. Ábreme, por favor. Estamos empezando a preocuparnos por ti.

A Kara se le encogió el corazón de emoción. Al

menos su familia estaba siempre a su lado, preocupándose por ella, cuidando de ella, siempre dispuestos a salir en su defensa si era necesario. Lo menos que podía hacer era hacerles saber que estaba bien.

Inspiró profundamente, se irguió, y abrió la puerta para encontrarse con la deslumbrante luz del sol y a su hermana, muy preocupada.

–Gracias a Dios –dijo Laurel entrando en la casa–. Estaba a punto de llamar a la policía o pedirle a algún vecino que me ayudara a echar la puerta abajo.

A pesar de su evidente preocupación se la veía muy digna e iba arreglada con un traje de falda y chaqueta para el trabajo. Todo lo contrario que ella, que estaba en ese momento, a pesar de que era ya casi mediodía, en pijama.

Cuando hubo cerrado la puerta, Laurel dejó su bolso de mano en la mesita que había en el vestíbulo y le preguntó.

–¿Estás bien?

Aunque le costó, Kara contuvo un sollozo y asintió en silencio.

–Eli me ha llamado –le dijo Laurel–. Me dijo que ocurrió algo en Ocean Breezes y que está preocupado por ti –hizo una pausa, para darle a Kara la oportunidad de explicar qué estaba pasando, pero al ver que no decía nada, le preguntó–: ¿Quieres hablar de ello?

–La verdad es que no –a Kara no le extrañó que su voz se quebrara ligeramente al responder. Tragó saliva, se aclaró la garganta, y añadió–: Ahora mismo no.

Laurel se quedó callada un instante, y como la maravillosa hermana que era, lo dejó estar. Con una sonrisa que Kara supo de inmediato que tenía como intención hacerla sentirse mejor, puso los brazos en jarras y ladeando la cabeza le dijo:

–De acuerdo; ya me lo contarás en otro momento. Ahora lo que vamos a hacer es subir para que te cambies porque nos vamos a almorzar fuera.

–¿Nos vamos?

–Exacto. Llevas demasiado tiempo aquí encerrada. No sé qué es lo que te pasa y paso por que no me lo cuentes hasta que te sientas con ánimos, pero ha habido novedades en el caso de papá y he pensado que querrías que te pusiera al corriente.

Kara se irguió.

–¿Qué clase de novedades?

Laurel sonrió.

–Si quieres saberlo tendrás que dejar de llorar por los rincones, vestirte, y venirte conmigo.

–No estoy llorando por los rincones –protestó Kara–. He estado trabajando.

En realidad solo había estado arreglando unos papeles con desgana, pero algo de trabajo sí que había sacado adelante entre medias de los ratos en los que se dejaba arrastrar por la tristeza y se acurrucaba en el sofá sintiendo lástima de sí misma.

Laurel enarcó una ceja, como si no la creyera, y Kara claudicó con un suspiro.

–Está bien, dame veinte minutos –le dijo yendo

hacia las escaleras–. En la cocina hay té que acabó de hacer; sírvete un poco si quieres.

Al final, en vez de ir a un restaurante, acabaron sentadas en la terraza de un café panadería que había cerca de casa de Kara, en parte porque estaba ansiosa por saber qué novedades había habido en el caso de su padre, y en parte porque no había hecho otra cosa que comer sin ton ni son desde que había regresado de Seabrook Island.

Laurel había pedido un té y un bizcocho de nueces, naranja y arándanos, y Kara solo un café con leche y canela que todavía no había probado. Por primera vez en toda la semana no tenía el menor apetito; solo quería saber qué había de nuevo en la investigación del asesinato de su padre.

–Bueno, deja de torturarme y cuéntame qué ha pasado –le pidió a Laurel.

Su hermana, que estaba dándole un mordisco al bizcocho, se limpió las manos y la boca con una servilleta de papel.

–Te acuerdas de Cutter Reynolds, ¿no? –comenzó.

–Pues claro.

Cutter era un viejo amigo de la familia.

A pesar de que no había nadie sentado en las mesas que tenían más cerca, Laurel se inclinó hacia delante y le dijo bajando la voz:

–Mamá y él tienen un romance.

Kara se quedó mirándola boquiabierta y Laurel asintió.

–Según parece llevan bastante tiempo juntos.

–¿Mamá y Cutter…? –balbució Kara–. Dios, esto es…

–Lo sé, yo me quedé igual cuando me enteré.

–No puedo creerlo –murmuró Kara, que se sentía como si le hubiera pasado una apisonadora por encima.

Sin embargo, no sabía de qué se sorprendía.

Si algo había aprendido en esos últimos meses era que las cosas no siempre eran lo que parecían ser, y que su familia era muy dada a los secretos.

Como por ejemplo su padre, que se había pasado años llevando una doble vida junto a otra mujer con la que había tenido un hijo del que no habían sabido nada hasta hacía poco.

¡Y ahora se enteraba de que su madre había estado teniendo un romance con un hombre que para sus hermanos y para ella había sido prácticamente como su tío!

–Ninguno de nosotros podía creerlo cuando lo supimos –dijo Laurel–. Aunque teniendo en cuenta que papá le fue infiel durante años, supongo que no podemos echárselo en cara. Además, parece que le quiere de verdad, y jura que no hubo nada entre ellos hasta que descubrió que papá había estado engañándonos y tenía otra familia.

Kara asintió. Su madre era una dama en todos los sentidos.

–Mamá le dijo a todo el mundo que la noche del asesinato había ido a las oficinas del Grupo Kincaid para llevarle la cena –continuó Laurel–. Pero ha acabado admitiendo que el verdadero motivo por el que esa noche fue allí… era que iba a decirle que quería el divorcio para poder casarse con Cutter. Pero para entonces papá ya estaba… ya sabes.

Laurel no pudo acabar la frase. Kara le tomó la mano y la apretó suavemente.

El asesinato a sangre fría de su padre era algo que a ella misma, a pesar de que ya era una mujer hecha y derecha, la hacía sentirse por dentro como una niña asustada.

Tragó saliva.

—Cuando ocurrió mamá estaba con Cutter —le dijo Laurel.

—De modo que Cutter es la coartada de mamá.

Laurel asintió.

—Y eso no es todo. Nikki Thomas, la investigadora a la que contratamos para averiguar si Jack Sinclair estaba haciendo algo para intentar debilitar la compañía, ha sabido gracias a sus contactos en la policía que en la cinta de una de las cámaras de vigilancia de un parking que hay cerca del edificio del Grupo Kincaid se puede ver el Aston Martin de Jack Sinclair. Estaba allí aparcado cuando asesinaron a papá.

Kara abrió mucho los ojos.

—Creía que tenía coartada.

—Y la tiene, o la tenía. Varios de sus empleados aseguran que estaba en su oficina, pero… en fin, esa cinta de video no miente. Esto arroja sospechas sobre él, y disipa las sospechas que la policía tenía de mamá.

Kara le soltó la mano a su hermana y se echó hacia atrás en su silla.

–Es increíble. Me voy de la ciudad un par de días y cuando vuelvo está todo patas arriba –murmuró–. Aunque por lo menos para bien, desde luego –añadió.

–Has estado fuera más de un par de días –apuntó Laurel enarcando una ceja con curiosidad–. Y cuando vuelves vas y te encierras una semana en casa, negándote a contestar el teléfono.

Kara contrajo el rostro.

–Lo sé, y lo siento. Es solo que… necesitaba estar sola.

Laurel le dio otro mordisquito al bizcocho y tomó un sorbo de té.

–¿Te sientes preparada ya para hablar de ello? Porque si quieres hablar yo estoy dispuesta a escucharte.

El tono de su hermana, lleno de cariño y de preocupación, hizo que a Kara se le saltaran las lágrimas. Pestañeó para contenerlas, le dijo:

–¿Puedo hacerte una pregunta?

Laurel se rio.

–Pues claro. Puedes preguntarme lo que quieras.

Kara inspiró, armándose de valor, y mirando a su hermana a los ojos, le preguntó:

–¿Sigues enamorada de Eli? Ya sé que fuiste tú quien canceló la boda, pero… ¿te arrepientes de haber tomado esa decisión? ¿Sientes aún algo por él?

Laurel se quedó mirándola un buen rato antes de contestar.

–Nunca le quise lo suficiente –dijo finalmente–. Por eso decidí romper con él. Siento cariño por él, pero no le quiero, y espero que a pesar de todo podamos quedar como amigos. Que podamos seguir riéndonos juntos en la cena de los domingos con toda la familia en casa de mamá, y que si coincidimos en algún acto social no nos sintamos incómodos.

Kara bajó la vista sin saber si se sentía aliviada, o más confundida que antes.

–Pero tú sí le quieres, ¿no?

Kara dio un respingo y alzó el rostro hacia su hermana. Laurel estaba mirándola como solía hacer su madre cuando, siendo niñas, sabía que habían hecho alguna travesura, pero quería darles la oportunidad de confesarlo antes de castigarlas.

–No pasa nada –le dijo Laurel–. Si estás enamorada de él cuentas con mi bendición. No tienes que preocuparte por mí.

Hasta ese momento Kara había sido capaz de mantener la compostura, y solo había llorado a solas, en casa, donde nadie podía verla. Pero en ese instante ya no pudo más. Toda la culpa, la ira, la tristeza y el temor que se habían ido agolpando en su interior ya no la dejaban respirar.

Con un sollozo desgarrador se echó a llorar, cubriéndose la cara con las manos mientras las lágrimas rodaban por sus mejillas.

–Eh… –murmuró Laurel levantándose de la silla

para acercarla a la de Kara. Rodeó a su hermana con los brazos y le acarició el cabello–. Venga, no llores. Sea lo que sea seguro que no es tan malo.

Naturalmente esas palabras solo consiguieron que Kara llorase aún más. Se sentía una persona horrible después de haber estado acostándose con su exprometido a sus espaldas.

A Laurel, en cambio, le faltaba poco para ser una santa. No solo estaba llevando con dignidad su ruptura con Eli, sino que además le había dado su bendición. Y allí estaba, consolándola, absolviéndola de su culpa, e intentando hacer que se sintiese mejor. Solo que en vez de sentirse mejor se sentía como una serpiente, y como tal se merecía que alguien la arrojara a una autopista a pleno sol para que el asfalto la abrasase y la arrollase un camión.

Después de llorar desolada un buen rato en el hombro de Laurel y empaparle la bonita chaqueta que llevaba, además de acabar con los ojos rojos, la nariz hinchada y la garganta en carne viva, su hermana le dio unas palmaditas en la espalda y la asió por los hombros para que se irguiera y la mirara. Luego le apartó el cabello del rostro y le secó las mejillas con una servilleta.

–Bueno, ahora que ya te has desahogado, cuéntamelo todo.

Y eso hizo Kara. Comenzó por el principio, admitiendo que estaba enamorada de Eli desde que era una chiquilla, a lo que Laurel respondió con un compasivo:

–Oh, cariño…

Kara le contó lo duro que había sido para ella ver cómo se desarrollaba la relación entre ellos, cómo había dejado a un lado sus sentimientos, esforzándose por alegrarse por ellos, y haciendo todo lo posible para que su boda fuera la mejor boda que podrían haber imaginado. Luego le explicó que después de que ella cancelara la boda Eli había ido a pedirle ayuda con su negocio, y que se había dejado llevar, que casi había llegado a creer que… Las lágrimas volvieron a rodar por sus mejillas, y Laurel la abrazó de nuevo.

—Oh, cariño… —murmuró de nuevo, acariciándole el cabello—. Pobrecita. ¿Por qué nunca me dijiste que Eli te gustaba? Si lo hubiera sabido no habría salido con él.

Kara, que aún estaba llorando en el hombro de su hermana, negó con la cabeza.

—Nunca mostró el menor interés en mí, y no quería arruinar tu felicidad porque creía que estabas enamorada de él.

En vez de darle más palmaditas en la espalda, Laurel se rio, y Kara se incorporó sorprendida y parpadeó.

—Sabes que te quiero y que nunca haría o diría nada que pudiera causarte dolor —le dijo Laurel, pero tienes que dejar de preocuparte de todo el mundo y preocuparte un poco más de ti para variar.

Con un suspiro alcanzó otra servilleta y le secó de nuevo a Kara las mejillas.

—Eres una hermana maravillosa y si le preguntáramos a mamá diría que eres una hija maravillosa. Nadie podría acusarte jamás de egoísta o de no estar al lado de tu familia cuando te necesita. Pero no tienes que ser una mártir. No tienes que renunciar a tu felicidad por la de otra persona, ni ser una desgraciada el resto de tu vida porque no quieres molestar a los demás.

—No soy una desgraciada —replicó Kara en una vocecita que daba a entender todo lo contrario.

Bueno, hasta entonces no le había parecido que fuera desgraciada. No era tan feliz como para irse a cantar a un prado de flores en las montañas como Julie Andrews en *Sonrisas y lágrimas*, pero de ahí a considerarse desgraciada había un gran trecho.

—Pues aquí estás, llorando como una Magdalena —apuntó Laurel—. Tienes el pelo hecho un desastre, el maquillaje se te ha corrido, y cuando llegué a tu casa esta mañana aún estabas en pijama —Laurel enarcó una ceja—. No sé, yo no te veo muy feliz.

De acuerdo, era cierto, se sentía fatal, admitió Kara para sus adentros. ¿Y no le había dicho Eli lo mismo días atrás en Seabrook Island? No lo de que fuera desgraciada, pero sí lo de que tendía a anteponer las necesidades de los demás a las suyas.

Tanto Laurel como él la conocían bien, y los dos opinaban lo mismo. Quizá debería escucharles.

—¿Eli siente por ti lo mismo que tú sientes por él? —le preguntó Laurel.

A Kara volvieron a escocerle los ojos por las lágrimas, y se le hizo un nudo en la garganta al recordar lo que habían compartido en esos días, pero no iba a llorar; no iba a llorar otra vez. Tenía que ser fuerte y afrontar aquello, aunque eso significara replantearse su vida y cómo se relacionaba con los demás.

Inspiró profundamente y le respondió con absoluta sinceridad.

–No lo sé. Me dijo que sí, pero ya no sé qué pensar –le explicó lo que había pasado entre ellos, y le refirió la conversación que había tenido con Diane el último día–. ¿Y si fuera cierto lo que me dijo? ¿Y si solo estaba intentado seducirme porque no había conseguido su propósito de casarse contigo? ¿Y si de verdad solo va detrás de nuestro apellido y nuestro dinero?

Laurel frunció el ceño.

–Yo no lo creo, y estoy segura de que tú tampoco. Conocemos a Eli desde hace años. Es uno de los mejores hombres que conozco –le dijo con convicción–. Y no solo es millonario porque se ha labrado su propia fortuna, sino que además es noble y honorable. No necesita nuestro dinero, y probablemente no lo aceptaría aunque se lo ofreciéramos en una bandeja de plata. Está orgulloso de quién es y de lo que ha conseguido en la vida con su esfuerzo –tomó su taza de té y bebió un sorbo–. Y en cuanto a lo de que le interese nuestro apellido, lo mismo te digo.

Kara esperaba no estar agarrándose a un clavo ardiendo, pero lo que decía Laurel tenía sentido.

–¿Y qué me dices de que pasara tan rápido de ti a mí? –inquirió–. Si estaba dispuesto a casarse contigo, ¿cómo iba a enamorarse de repente de mí en una semana?

—A mí me parece que durante todo este tiempo eras tú quien le gustaba, aunque no se haya dado cuenta hasta ahora —dijo Laurel—. Iba a casarse conmigo solo porque le parecía que ya era hora de que sentase la cabeza y formase una familia. Siempre hemos sido buenos amigos, y creímos que podría funcionar, que con el tiempo nuestra amistad podría convertirse en algo más —le tomó la mano a Kara—. Pero para que lo sepas y te quedes tranquila, nunca llegamos a tener relaciones. Esa es una de las razones que me ayudaron a darme cuenta de que no debíamos casarnos. Nos besábamos, por supuesto, pero incluso los besos eran bastante… insulsos. No había chispa entre nosotros. No nos costaba mantener las manos quietas, ni dejar de besarnos, ni nada de eso. Solo éramos amigos, y me temo que eso es lo que habríamos sido siempre de habernos casado.

A Kara le faltaba el aliento. No había habido sexo entre ellos. No había habido chispa entre ellos. Solo habían sido amigos. Tres cosas que ella desde luego no podía decir del tiempo que había pasado con Eli en Seabrook Island.

Las chispas que saltaban entre ellos podrían iluminar todo el cielo de Estados Unidos en la noche del Cuatro de Julio. Y el sexo había sido espectacular y lo habían hecho a todas las horas del día.

Y en cuanto a lo de ser solo amigos… Eli y ella eran amigos, pero no le parecía que después de lo que había ocurrido entre ellos pudiesen volver a definirse como solo amigos. Quizá nunca habían sido solo amigos; quizá esa química entre ellos siempre había estado ahí, solo que había estado latente, esperando a ser liberada. Cuando levantó la cabeza se encontró a Laurel sonriéndole con picardía.

–El sexo con él ha estado bien, ¿eh?

–Mejor que bien –admitió Kara, incapaz de reprimir un suspiro de adolescente enamorada.

–¿Lo ves?, es como te decía –contestó Laurel, muy satisfecha de tener razón–. Siempre ha estado más unido a ti que a cualquiera de nosotros.

Kara frunció el ceño.

–¿En qué sentido?

–Kara… –le dijo su hermana enarcando una ceja–. ¿No te has fijado nunca en lo solícito que es siempre contigo? Y en la cena de los domingos siempre halla el modo, no sé cómo, de sentarse a tu lado. Aun estando prometidos, a veces conseguía tenerte a ti a un lado y a mí al otro.

Kara no se había fijado nunca en aquello, pero echando la vista atrás, sí que lo recordaba sentado a su lado la mayoría de las veces.

–Y te llama cariño y princesa y cosas así –continuó Laurel–. Conmigo nunca utilizó esos apelativos afectuosos; solo me llamaba Laurel.

Eso también era cierto, pero siempre había pensado que era porque era la hermana pequeña.

–Y cuando nos reunimos todos siempre parece gravitar en torno a ti, como la Luna alrededor de la Tierra. Se sienta en el brazo del sillón en el que tú te sientas, se queda en el jardín mientras ayudas a mamá con las flores, va a la cocina a echarte una mano cuando estás preparando galletas…

Cierto; todo eso era verdad.

—¿Y nunca hizo esas cosas contigo? —le preguntó Kara a Laurel.

—No. No me malinterpretes; era todo un caballero conmigo: me acercaba la silla cuando iba a sentarme, me traía una copa cuando íbamos a una fiesta, me acompañaba hasta la puerta cuando me llevaba a casa después de salir por ahí a cenar… Pero nunca me miró como te mira a ti. Su voz no se vuelve aterciopelada, como cuando se dirige a ti. Y nunca me llevó a uno de sus hoteles un fin de semana para hacerme el amor a todas horas.

Kara se sonrojó por las palabras de su hermana, y por la sonrisa pícara que había vuelto a aflorar a sus labios.

—No sé de qué va esa Diane —dijo Laurel—, pero yo no le daría demasiada credibilidad. Habla con Eli. Pregúntale directamente si está teniendo o no algo con esa mujer a tus espaldas. Y ya que estás —añadió torciendo el gesto con desagrado—, pregúntale también si se veía con ella cuando estaba conmigo. Porque si es así… entonces creo que deberíamos contratar a un mercenario para que lo lleve a la jungla, lo ate de pies y manos, y lo deje tirado en el suelo para que lo devoren las fieras.

Aquella imagen mental de Eli maniatado hizo reír a Kara, a pesar de que no querría verlo nunca en esa situación. Claro que si de verdad era capaz de estar con dos mujeres a la vez, se merecería eso, y aun algo peor.

–Ahora en serio: pregúntale –repitió Laurel–; dale al menos la oportunidad de explicarse, o de defenderse. Me parece que sería una lástima que por un malentendido o por culpa de una chalada se echase a perder algo increíble.

Kara suspiró y apoyó el codo en la mesa.

–¿Cuándo te has vuelto tan lista? –le preguntó.

Laurel se rio y se metió en la boca el trozo que le quedaba de bizcocho.

–Siempre lo he sido. Lo que pasa es que no te habías dado cuenta hasta ahora porque no querías admitir que tu hermana mayor podría enseñarte algo sobre la vida.

Las dos sabían que eso no era del todo cierto, pero si Laurel quería regodearse un poco, no iba a ser ella quien le quitase el placer de hacerlo.

–Sí que me has enseñado algo hoy –le dijo Kara–; gracias.

–No hay de qué. Aunque me sentiría mucho más feliz si me dieras las gracias por haber evitado que cometieras el mayor error de tu vida y por haberte ayudado a encontrar a tu verdadero amor.

Con una sonrisa de oreja a oreja –y era la primera vez que sonreía así desde que había vuelto de Seabrook Island–, Kara le dio un fuerte abrazo a su hermana.

–Dame un poco más de tiempo –le dijo al oído–. A lo mejor lo hago dentro de unos días.

Capítulo Quince

Cuando Laurel se hubo asegurado de que Kara no tenía intención de volver a ponerse el pijama y pasarse otra semana autocompadeciéndose, accedió a dejarla sola, pero aun así la acompañó a casa, y le dio un abrazo y un beso en cada mejilla antes de volver al trabajo.

Pero su hermana no tenía de qué preocuparse, pensó Kara, que se sentía ilusionada, revitalizada, esperanzada.

Tan pronto como cerró la puerta después de que Laurel se marchase, dejó su bolso en la mesita del vestíbulo y corrió arriba. Entró en su dormitorio, se quitó los zapatos, y empezó a desvestirse. Para salir con su hermana a tomar algo y hablar se había puesto unos sencillos pantalones cortos blancos y una camisola de color turquesa adornada con cuentas, y no es que como conjunto estuviera mal, pero no era lo bastante vistoso para lo que tenía en mente.

Como Laurel tenía razón y se le había corrido todo el maquillaje por haber estado llorando, se lavó la cara y fue al armario a buscar el vestido adecuado... y los zapatos adecuados. Claro que tampoco quería pasarse.

¿Pero sí quería estar guapa? Sí. ¿Quería demostrarle a Eli lo que iba a perderse si cuando le preguntase resultara que sí era un canalla después de todo? Sí. ¿Quería parecer una chica de burdel? No, desde luego que no. ¿Parecer desesperada? Ni hablar; ¡jamás!

Por eso descartó los vestidos de noche y los que eran demasiado llamativos. También descartó los que eran demasiado informales y los que eran demasiado formales. Eso dejaba los conjuntos que se pondría en un día de diario, de nueve a cinco, y los que se ponía cuando iba a un almuerzo o al club de campo. Perfecto.

Optó por un vestido de satén de color amarillo pálido con unos ribetes azul marino en el cuello y en las mangas. Lo conjuntó con unas alpargatas azules, y se fue al cuarto de baño a arreglarse el pelo y maquillarse de nuevo.

Una media hora después ya estaba lista. Bajó al piso inferior, tomó su bolso de la mesita del vestíbulo, y salió. Se le hizo una eternidad el tiempo que le llevó llegar al distrito financiero donde estaban las oficinas de Houghton Hotels and Resorts. Y luego, cuando iba subiendo en el ascensor para ir a su despacho, estaba hecha un manojo de nervios.

Al acercarse a la mesa de Penny, la secretaria de Eli, la mujer estaba ocupada tecleando algo en el ordenador, pero debió verla por el rabillo del ojo, porque antes de que llegara ya había levantado la cabeza y se había vuelto hacia ella.

–Ah, hola, Kara. ¿Cómo estás, querida?

–Bien, Penny, gracias. ¿Qué tal tú?

–Oh, bien, bien. Estupendamente gracias a Dios.

–¿Está Eli en su despacho? –le preguntó–. Necesito hablar con él.

–Lo siento, cariño, pero no está. De hecho se ha tomado todo el día libre.

–Oh.

A Kara se le cayó el alma a los pies. No se había esperado aquello y no tenía un plan B.

Penny ladeó la cabeza y le dirigió una mirada comprensiva.

–Se supone que no debería hacer eso, pero no creo que le importe que te lo diga a ti. Está en el parque.

–¿En el parque? –repitió Kara sorprendida.

Nunca lo hubiera imaginado. A excepción de los días que habían pasado en Seabrook Island, Eli era un poco lo que se decía un adicto al trabajo. Prefería encerrarse en su despacho repasando papeles antes que salir a dar un paseo.

–Sí, en el parque Wannamaker.

–Gracias –respondió Kara, y salió corriendo.

–¡Buena suerte! –le gritó Penny mientras se alejaba.

¿Qué podría haber llevado a Eli a ir a un parque en un día como ese?, se preguntó Kara cuando ya estaba llegando.

Hacía un precioso día de primavera, y el parque estaba, como era de esperar, atestado de gente: niños por todas partes corriendo, jugando, riendo… Los padres vigilándolos, persiguiéndolos, sonándoles los mocos y consolando al que se había caído, despellejándose la rodilla… No le parecía que fuera el estilo de Eli en absoluto.

En cualquier caso se suponía que estaba allí, y no iba a marcharse hasta encontrarlo o, si no lo encontraba, hasta que hubiera recorrido todo el parque para asegurarse de que no pudiera decirse que no lo había intentado.

Lo buscó en la zona donde estaban todos los columpios, en las áreas donde la gente estaba sentada de pic... ... Esquivó a chicos patinando y en bicicleta… Justo cuando estaba a punto de darse por vencida oyó a gente cantando el *Cumpleaños feliz*. Al girarse, vio a un grupo de gente con globos y sombreros de fiesta. La mayoría eran niños de distintas edades, pero también había unos cuantos adultos.

Cuando se estaba acercando estaban terminando de cantar y se oyó: «¡Soplad las velas, soplad las velas!». Y para su sorpresa seis u ocho de los niños se inclinaron para soplar las velas de la tarta sobre la mesa de madera en torno a la que estaban reunidos. ¿Sería el cumpleaños de todos ellos?, se preguntó extrañada sonriendo, recordando las fiestas de cumpleaños de sus hermanos y de ella cuando eran niños.

En ese momento, un hombre que debía haber estado acuclillado porque antes no lo había visto, se incorporó. ¡Era Eli! Tenía un largo cuchillo de plástico en la mano y se disponía a cortar la tarta. Él también llevaba un sombrerillo de pico de vivos colores, y estaba sonriendo como no lo había visto nunca sonreír.

Se rio de lo que un chiquillo negro a su lado le estaba diciendo, y empezó a servir y repartir pedazos de tarta a los niños que esperaban impacientes.

Kara se quedó allí plantada observándolo, como hipnotizada. Iba vestido de un modo muy informal, con vaqueros y una camisa vaquera también de un tono más claro con las mangas remangadas, que dejaba al descubierto sus musculosos antebrazos. Estaba más guapo que nunca. O quizá fuera que, como hacía una semana que no lo veía, le parecía aún más guapo.

No alcanzaba a imaginar qué pintaba Eli en aquella multitudinaria fiesta de cumpleaños, pero no le importaba. Con el corazón palpitándole como un loco, no creía que fuese a tener la paciencia de esperar a que acabase de repartir la tarta.

–¡Eli! –lo llamó, esperando que la oyera, en medio del alborozo de los niños–. ¡Eli!

Eli giró la cabeza y abrió mucho los ojos al verla. Le pasó el cuchillo a una mujer que tenía al lado y fue hacia ella, abriéndose paso entre los chiquillos.

–Kara…

Dijo su nombre en un murmullo, haciendo que sonara como un deseo, como una plegaria, y a Kara le temblaron las rodillas. El corazón le latía con tal fuerza que estaba segura de que él podría verlo palpitar bajo el vestido.

–Te llamé –balbució deteniéndose ante ella mientras se metía las manos en los bolsillos.

161

–Lo sé. Lo siento; es que…

Kara no fue capaz de acabar la frase. Ahora que estaba allí con él, que lo tenía tan cerca que podría tocarlo –y era lo que se moría por hacer–, no sabía por dónde empezar.

–Estaba enfadada –reconoció–. Necesitaba tiempo.

Eli se balanceó sobre los talones, reprimiendo el ansia de atraerla hacia sí y besarla hasta dejarla sin aliento. Recorrió su figura con la mirada una y otra vez, admirando su hermosa melena pelirroja, sus ojos verdes, sus labios de pétalos de rosa, y las femeninas curvas que se adivinaban bajo el vestido, que era bonito, pero estaría mejor en el suelo de su dormitorio, junto a su cama, con ella desnuda debajo de él.

Pero no era momento de pensar en eso; tenían cosas importantes de las que hablar.

Kara se humedeció los labios y miró por encima de su hombro.

–¿De quién son todos esos niños? –le preguntó curiosa.

–Ya te lo explicaré luego –respondió él, más interesado en que respondiera a la pregunta que tenía que hacerle–: ¿Por qué te marchaste? Creía que todo iba bien.

Mejor que bien, de hecho, pensó recordando el pánico que lo había invadido al descubrir que Kara se había marchado.

–Te fuiste sin decirme nada.

Kara inspiró profundamente.

–Me fui porque estaba dolida, y enfadada; y porque me sentía como una tonta.

Él frunció el ceño.

–¿Pero por qué? –inquirió, aunque ya sabía la respuesta.

Sabía más, de hecho, de lo que ella sabía, pero quería oír su versión de los hechos.

En vez de contestar a su pregunta, Kara ladeó la cabeza e inquirió:

–¿Te acuestas con Diane? Y no me mientas, Eli –le advirtió en un tono que le recordaba al que solía usar su madre.

Reprimió una sonrisilla. Estaba seguro de que Kara se molestaría si supiera que encontraba divertido todo aquello. Probablemente le pegaría una patada en la espinilla, o lo perseguiría por el parque golpeándolo con el bolso delante de todo el mundo. Pero es que le hacía gracia ver que apenas podía controlar lo indignada que estaba, con las mejillas rojas, y casi echando humo.

Lo que no le parecía gracioso era que hubiese huido de él en vez de encararse con él con las sospechas y la preocupación que le había dejado la conversación con Diane; incluso habría preferido que descargase su ira sobre él. Si lo hubiese hecho habría podido aclarar las cosas con ella y habrían disfrutado del resto de la semana en Ocean Breezes como habían planeado.

–No, no me estoy acostando con Diane –le respondió con firmeza–. Hace años hubo algo entre nosotros, pero ahora no hay nada.

Kara se mordió el labio.

–Por eso me marché –murmuró–. Diana me dijo que estabais juntos; me dijo que tenías un sórdido plan: casarte conmigo para aprovecharte de nuestro apellido para mejorar tu estatus social y tu cuenta bancaria. Me dijo que habías seguido viéndote con ella cuando estabas con Laurel, y que también lo estabas haciendo a mis espaldas. Me dio a entender que usabas Ocean Breezes como picadero.

–Y tú la creíste.

Kara se sonrojó, asintió en silencio, y bajó la vista a sus pies. Dejó caer los hombros y exhaló un suspiro antes de dirigirse a una mesa de picnic vacía que había cerca. Eli la siguió.

Cuando se hubieron sentado, Kara inspiró y le dijo:

–Me dejé llevar por lo cómoda que me sentía contigo.

Una llamita de esperanza se encendió en el corazón de Eli. Los ojos verdes de Kara rebosaban emoción mientras hablaba. Habría querido estrecharla entre sus brazos, o al menos alargar la mano y apretar la de ella, pero necesitaba saber lo que pensaba de él y lo que sentía por él.

–Estaba pasándolo muy bien –continuó Kara–, pero una parte de mí no acababa de creerse que aquello pudiera ser real.

Eli frunció el ceño y tuvo que contenerse para no reprocharle que hubiera dudado así de él.

–No podía creer que me desearas, o que me vieras como a algo más que una amiga –prosiguió ella–, porque nunca habías mostrado en mí esa clase de interés. Y me era más fácil creer que estabas dolido por tu ruptura con Laurel y necesitabas desquitarte con ella de algún modo.

¿Qué? Eli no podía creerse lo que estaba oyendo. Apretó la mandíbula.

–Más vale que llegues pronto donde quieres llegar –masculló–, porque tengo algo que decir y se me está agotando la paciencia.

Kara parpadeó y tragó saliva. Luego, en un tono casi inaudible, añadió:

–Siempre he estado enamorada de ti, Eli. Desde que nos conocimos. Cuando estaba en el instituto, en la universidad… Se me partió el corazón cuando empezaste a salir con Laurel. Cuando empezasteis a hablar de casaros y me pedisteis que organizara vuestra boda.

La voz se le quebró y los ojos se le llenaron de lágrimas. La ira y la frustración de Eli se desvanecieron de inmediato y sintió remordimiento. Era un idiota; un completo idiota.

Cediendo a la tentación le tomó la mano a Kara y se la apretó.

–Kara… –le dijo en un tono quedo.

Ella sacudió la cabeza y pestañeó para contener las lágrimas.

–Ahora comprenderás por qué no me fiaba cuando de pronto empezaste a mostrar interés por mí. No me atrevía a creer que pudieras sentir algo por mí por temor a que fuera solo mi imaginación y luego me llevara un batacazo.

–Kara... –murmuró él de nuevo.

Kara se humedeció los labios y esbozó una media sonrisa, ligeramente insegura.

–Pero esta mañana he estado hablando con Laurel –le dijo–, y me aconsejó que hablara contigo y te preguntara acerca de lo que me dijo Diane, que te diera la oportunidad de explicarte. Así que aquí estoy, y por eso voy a hacerte unas cuantas preguntas más –se irguió e inspiró profundamente–. ¿Estás enamorado de Diane?

Eli se irguió también y la miró a los ojos.

–No –contestó con firmeza.

–¿Sigues enamorado de Laurel?

–Me temo que nunca he estado enamorado de Laurel –le contestó Eli con sinceridad.

–¿Y no sientes nada por ella?, ¿nada aparte de un sentimiento de amistad?

–No.

Kara hizo una pausa para inspirar de nuevo. Estaba hecha un manojo de nervios. Sabía lo que quería preguntarle a continuación, pero cuando lo hiciera sería el momento de la verdad. Ahí terminaría el juego. La respuesta que Eli le diera determinaría el futuro de su relación, pero tenía que saberlo.

–¿Estás enamorado de mí?

Capítulo Dieciséis

El corazón le golpeaba contra las costillas a Kara mientras miraba a Eli a los ojos, aguardando su respuesta. La intensa mirada de Eli la estaba poniendo aún más nerviosa, pero se negaba a apartar la vistas hasta que tuviese una respuesta.

El tenso silencio la estaba matando. Se le habían puesto las manos heladas por el temor a que dijera que no o, peor aún, a que de pronto la mirara con lástima por la patética confesión que acababa de hacerle de que llevaba años enamorada de él.

Sin embargo, mantuvo el tipo como pudo y esperó, diciéndose que si iba a romperle el corazón en mil pedazos lo mejor era acabar con esa incertidumbre cuanto antes.

Podría irse a casa a lamerse las heridas. Se pondría el pijama y se acurrucaría en el sofá a ver películas en blanco y negro con una caja de pañuelos de papel y una tarrina de helado.

Para su sorpresa, Eli se puso de pie, rodeó la mesa para ir junto a ella y la hizo levantarse también. Entonces, tomó su rostro en sus grandes y fuertes manos, y le sonrió, haciendo que una sensación cálida recorriera todo su ser.

–Sí –respondió Eli con voz ronca y en un tono

sincero–. Sí, estoy enamorado de ti. Y creo que lo he estado durante años, solo que no me había dado cuenta hasta ahora –le acarició el labio inferior con el pulgar, y añadió–: Y he despedido a Diane –se rio al ver a Kara poner unos ojos como platos–. El día que te fuiste estaba buscándote por todas partes y me topé con ella. Me confesó lo que te había dicho, y encima parecía orgullosa de ello. Está loca: se creía que teníamos una relación, cuando lo que hubo entre nosotros no fue más que algo de una noche o dos. Si hubiera sabido que tenía esas ideas tan raras en la cabeza no la habría contratado.

–¿De verdad la has despedido? –repitió Kara, que no sabía si sentir lástima por ella o sentirse halagada.

–La despedí en el acto. Le dije que recogiera sus cosas y se marchase. Y justo después te llamé. Te llamé varias veces, pero no contestabas.

–Lo siento. Yo…

Él le impuso silencio colocando un dedo sobre sus labios.

–Habría vuelto a Charleston esa misma noche, y me habría presentado en tu casa con flores y bombones y habría puesto mi corazón en tus manos, pero de pronto todo se complicó –esbozó una sonrisa irónica–. No sé si lo hizo a modo de venganza o simplemente porque era un desastre como organizadora de eventos, pero Diane había planificado dos grandes eventos de golf para el mismo día. La gente empezó a llegar y no teníamos suficientes habitaciones para todos, y los campos de golf estaban atestados. Una pesadilla. No podía dejar al personal del hotel con semejante desaguisado, así que me quedé hasta que lo solucionamos.

Kara asintió. Ella habría hecho lo mismo. Y Eli había dicho que la quería. Después de eso lo demás ya no le importaba nada.

–Llegué anoche a la ciudad. Y volví a llamarte –añadió Eli–, pero seguías sin contestar.

Kara contrajo el rostro sintiéndose culpable, y él se rio.

–Iba a ir a verte, pero quería que el momento fuera el apropiado, y estaba cansado y de mal humor. Pensé que sería mejor esperar. Y luego, esta mañana, cuando llegué a la oficina Penny me recordó lo de la fiesta, así que me vine para acá.

Giró la cabeza y vio que los niños, con la boca manchada de chocolate, estaban jugando al pilla-pilla.

–Me tocaba ir a recoger la tarta –le explicó a Kara con una sonrisa de orgullo.

Ella lo miró curiosa.

–¿Pero de quién es el cumpleaños?

–De los que cumplen en abril –respondió Eli. Y al ver que Kara ponía cara de no entender, añadió–: Como sabes me crié en un centro de acogida hasta que me enviaron con los Young. No he olvidado cuántas noches tendido en mi cama del centro me preguntaba si alguien se acordaría de mi cumpleaños. No siempre había dinero para celebraciones. Por eso, cuando empecé a ganar dinero decidí que quería hacer algo por los chicos que pasan por lo que pasé yo. Dono dinero al centro en el que estuve y voy de visita siempre que puedo. Organizamos salidas a museos, excursiones, y cada mes hacemos una fiesta para los niños que cumplen años.

Kara se notaba el pecho tirante de la emoción y los ojos se le llenaron de lágrimas. Se sentía avergonzada de sí misma, de haber estado sintiéndose desgraciada por una tontería, y en ese momento admiraba aún más a Eli de lo que ya lo admiraba. Era un hombre maravilloso, desprendido... y ella había estado a punto de perderlo por tonta.

Se aclaró la garganta y le preguntó:

—¿Me dejarás que te ayude a organizar la fiesta del mes que viene? Seguro que se me ocurren un montón de ideas. Podíamos hacer que cada mes la fiesta tuviera una temática diferente, que los niños se disfrazaran...

Eli sonrió de oreja a oreja y se inclinó para besarla.

—Sería estupendo. Seguro que a la gente del centro y a los niños les encantará. De hecho, a lo mejor puedes echarnos una mano también con los regalos. Los que les compramos van enfocados a si son niño o niña, pero a lo mejor podríamos hacerlo más personal.

—Dalo por hecho —respondió Kara.

Eli le puso las manos en los hombros y le dijo mirándola a los ojos.

—Lo que te he dicho antes es verdad: nunca estuve enamorado de tu hermana. Pensé que había llegado el momento de sentar la cabeza y formar una familia, y creí que podríamos funcionar como pareja. Laurel es estupenda, pero... no había química entre nosotros. Nunca me pasé horas despierto, pensando en ella por las noches, ni me volvía loco de deseo, como me pasa contigo.

Kara se sonrojó y dejó escapar una risita vergonzosa antes de ocultar el rostro en su pecho.

–Cuando Laurel canceló la boda y ni siquiera me molestó me di cuenta de que iba a casarme con ella por las razones equivocadas. Y entonces, cuando fui a tu casa esa noche, fue como si te viera por primera vez, con ojos nuevos. Ese día supe sin lugar a dudas que quería estar contigo, y no un fin de semana, sino el resto de mi vida.

El corazón de Kara palpitó con fuerza. Levantó la cabeza y le pidió a Eli mirándolo a los ojos:

–Repítelo.

Él esbozó una sonrisa traviesa.

–¿Qué parte?

–Todo –contestó ella con un suspiro de dicha–. O por lo menos las partes importantes.

Eli le acarició el cabello, y jugueteando con un mechón le dijo:

–De acuerdo, aquí va de nuevo lo que cuenta: Te quiero. Te deseo. Te necesito.

Cada declaración la acompañó de un beso en los labios de Kara, que sintió que se derretía por dentro y que las rodillas le temblaban como si se le hubiesen vuelto de gelatina.

–Ahora es tu turno –murmuró él–: ¿Me quieres?

–Más que a nada en el mundo –respondió ella.

–¿Y no crees que vaya detrás del dinero de tu familia, o de vuestro apellido? En mi defensa puedo asegurarte que el dinero no me hace ninguna falta, y en cuanto al apellido, no es algo a lo que le dé importancia. Mis padres de acogida son gente de rancio abolengo y con dinero, pero nunca he querido que la gente piense que sin ellos no habría salido adelante. Les quiero muchísimo y agradezco todo lo que han hecho por mí, pero me siento orgulloso de poder decir que he conseguido llegar a donde estoy gracias a mi esfuerzo. Creo que eso tiene mucho más valor que un apellido, por muy noble que sea, y más importante que el dinero.

Estaba muy serio, pero Kara sabía que no estaba enfadado con ella. Probablemente sí le hubiera dolido que hubiese creído siquiera por un momento que pudiera moverse por ambiciones de ese tipo, pero no pudo resistirse a picarlo.

–Bueno, no sé… –dijo con un suspiro teatral–. Nosotros somos muy ricos; y somos gente influyente. Y hay un montón de hombres que darían lo que fuera por estar conmigo. Puede que esté mal decirlo, pero sé que me encuentran irresistible.

Eli sonrió divertido.

–Es que lo eres –asintió–. ¿Qué tengo que hacer para que seas mía con tu influyente apellido, el dinero de tu familia y demás? ¿Renunciar a mi fortuna? ¿Gritar que te quiero desde el tejado más alto de Charleston? ¿Comerme un bicho?

Kara no pudo contener la risa.

–Podrías comerte un bicho.

Eli le lanzó una mirada asesina, dándole a entender que eso no iba a pasar.

–Está bien; entonces... tengo una idea –le dijo echándole los brazos al cuello y apretándose contra él. Los brazos de Eli le rodearon la cintura–. Todavía no he cancelado todos los preparativos de tu boda con Laurel. Así que... si me amas tanto como dices, y de verdad quieres pasar a mi lado el resto de tu vida... podrías mantener la fecha de la boda, pero casarte conmigo en vez de con Laurel.

Eli parpadeó, como si la idea le resultara chocante, y sus ojos brillaron traviesos.

–¿Casarme contigo? ¿El mes que viene?

–Bueno, en realidad sería dentro de dos semanas.

–Umm... No sé, es tan pronto... –respondió él, fingiéndose indeciso.

–Lo sé, pero puedes intentar verlo de esta manera: cuando te hayas casado conmigo tendré que llevar tu apellido, y la mitad de tu dinero será mío. Es la solución perfecta a todos nuestros problemas.

Eli se rio.

–En eso tienes razón. Y algo me dice que vas a disfrutar gastando mi dinero.

–Casi tanto como disfruto gastando el mío.

–Seguro que sí –Eli echó la cabeza hacia atrás, como si estuviera meditando algo–. ¿Sabes?, quizá después de todo debería volver con Laurel. No es tan explosiva como tú pero a la larga puede que me cueste menos dinero.

Kara se fingió indignada y lo golpeó en el hombro.

–¡Eh!, tipo listo: cuidadito con lo que dices o retiraré mi oferta. Y entonces no solo te quedarás sin la hermana explosiva, sino que además te cobraré de golpe todos los recargos por la cancelación de los preparativos de la boda.

–Ah, no, eso sí que no –bromeó él también, sacudiendo la cabeza–. Entonces supongo que no tengo elección Me casaré contigo, pero solo si me prometes que con el paso de los años seguirás siendo igual de dulce, lista, divertida, hermosa, e increíble.

Ella puso los ojos en blanco y dejó escapar un suspiro de lo más teatral.

–Bueno, supongo que podría prometértelo. Pero solo si tú me prometes que dentro de cincuenta años seguirás siendo igual de amable, inteligente, paciente, sexy y maravilloso.

Eli esbozó esa sonrisa algo fanfarrona de la que ella se había enamorado hacía años, y le respondió:

–Creo que puedo prometértelo, princesa.

Inclinó la cabeza para besarla, y cuando despegaron sus labios largo rato después a los dos les faltaba el aliento. Eli apoyó la frente en la de ella y le susurró:

–Quiero llevarte a casa y hacerte el amor; hacerte mía para siempre. En tu casa o en la mía; me da igual.

Kara también lo deseaba; tanto, que estaba temblando.

–Ya soy tuya –le dijo–. Pero… ¿qué pasa con la fiesta? Eres el anfitrión. ¿No te echarán en cuenta tus invitados si desapareces de repente?

Eli gimió y giró la cabeza para ver cómo iba la celebración. Los niños seguían correteando y divirtiéndose, pero varios de los adultos estaban mirándolos con disimulo aunque con evidente curiosidad.

–Creo que tienes razón –respondió–. Me parece que si me fuera mi ausencia se notaría, y hablarían de ello.

Kara le puso una mano en la mejilla y lo besó en la otra.

–Te diré qué haremos: preséntame a los adultos y a los niños, nos quedamos un rato, y luego nos disculpamos y nos vamos… a tu casa o a la mía, y puedes hacer conmigo lo que quieras durante toda la noche.

Eli enarcó una ceja.

–Me parece un buen plan. Ahora veo por qué es tan buena en su trabajo, señorita Kincaid.

Ella lo imitó, enarcando una ceja también.

–Señorita Kincaid por poco tiempo, señor… Pronto seré la señora Houghton.

Él sonrió de oreja a oreja y se llevó la mano de Kara a los labios para besar el dedo en el que pondría un anillo de compromiso, quizá de diamantes. Luego en la otra mano el día de la boda le pondría una sencilla alianza que los uniría para el resto de sus vidas.

–Es verdad. ¿Y sabe qué, señorita Kincaid? Que estoy impaciente.

Capítulo Diecisiete

Kara estaba de pie frente a la casa de su madre, la mansión Kincaid, en la calle Montagu, nerviosa como un ratón en un cuarto lleno de trampas. Y el calor del cuerpo de Eli, que estaba detrás de ella, la estaba poniendo aún más nerviosa.

–Si no te calmas –le susurró Eli justo encima del oído, con las manos descansando ligeramente en sus caderas–, van a darse cuenta de que pasa algo en cuanto entres por la puerta.

–Lo sé –respondió ella, apretando la fuente de buñuelos de manzana que llevaba en las manos, por temor a dejarla caer.

–Y eso si no se fijan antes en el anillo –añadió Eli.

A Kara le dio un vuelco el estómago. ¡Ay, Dios!, no necesitaba oír eso.

Después de la fiesta de cumpleaños en el parque Eli la había llevado a su apartamento y le había hecho el amor dulce y apasionadamente.

A la mañana siguiente la había despertado con sensuales besos que se habían vuelto poco a poco más ardientes y había acabado haciendo el amor de nuevo. Después habían desayunado en la cama, y Eli le había dicho que iban a salir: a comprar un anillo de compromiso.

Y así fue: tan pronto como consiguieron dejar de acariciarse el suficiente tiempo como para vestirse, se fueron caminando hasta una joyería cercana, y al salir de ella Kara llevaba en el dedo el anillo de compromiso más bonito que había visto jamás: un diamante de tres quilates y corte princesa engarzado en una base de oro dorado y platino con forma de flor salpicada de diamantes más pequeños.

Era más llamativo que los anillos que ella solía llevar, pero le encantaba, y Eli le había dicho que no se preocupara por el precio ni por lo que nadie pudiese pensar. Y eso había hecho. Estaba enamorada, se sentía más feliz de lo que había sido en toda su vida, y quería empaparse de cada minuto, de cada segundo de esa maravillosa sensación de dicha.

Sin embargo todavía no le habían dicho nada a su familia, y no estaba segura de cómo iban a tomárselo. Y además el jueves le habían retirado a su madre todos los cargos por el asesinato de su padre.

Aquella era la primera cena familiar de domingo desde que habían sabido aquella noticia, y sin duda todos estarían de buen humor y con ganas de celebrar. Solo esperaba que también se alegrasen cuando les anunciasen que Eli y ella se iban a casar la semana próxima.

Su madre seguramente pensaría que había un motivo para que tuvieran tanta prisa en casarse, y le costaría creerse que no era porque estuviera embarazada –que no lo estaba–, sino simplemente porque no querían esperar más tiempo.

Ella se había pasado toda su vida soñando con Eli, y no quería perder ni un minuto más para estar unida a él ante Dios y por la ley, y poder comenzar una vida juntos como marido y mujer.

Además, era una suerte que Laurel hubiese mostrado tan poco interés en los preparativos de la boda, porque como ella no sabía qué quería su hermana, por ir adelantando había ido tomando ella las decisiones, guiándose por cómo era la boda que ella había soñado siempre para sí.

Elegiría un vestido diferente, naturalmente, y cambiaría algunas cosas, pero aparte de eso casi todos los preparativos que había hecho servirían y prácticamente todo estaba a punto.

¡Si tan solo su padre estuviese aún vivo para poder llevarla de su brazo al altar!

–¿Quieres que entre yo primero? –le preguntó Eli como si fuesen a la horca–. ¿O prefieres que nos vayamos? Podríamos decirles que pillamos un atasco… o que estábamos fuera de la ciudad por negocios… o que nos atacaron unos osos.

Kara giró la cabeza hacia él con el ceño fruncido.

–¿Unos osos?

Eli se encogió de hombros.

–Solo intentaba ayudar. Si no quieres que les digamos todavía lo de nuestro compromiso lo entenderé. Incluso podríamos posponer la boda.

–¡No! –exclamó Kara volviéndose hacia él. Solo los separaba la fuente, que tenía sujeta como si fuera un salvavidas–. Nos casaremos la semana que viene aunque tengamos que volar a Las Vegas y fugarnos. Es solo que estoy nerviosa por cómo reaccionarán. Sobre todo teniendo en cuenta que hasta hace unas semanas estabas comprometido con Laurel. Esto les va a resultar un poco difícil de digerir.

–Y tampoco va a ser fácil explicárselo –asintió Eli.

Kara frunció los labios, llena de frustración.

–¿Lo ves? Ahora entiendes mi dilema, ¿no?

Eli le sonrió y le apartó un mechón del rostro.

–Nuestro dilema –corrigió–. Ahora estamos juntos en esto. Pero no creo que tengamos que preocuparnos por nada. Tu familia me tiene cariño y fue tu hermana quien me dejó; no al revés, así que confío en que cuento con que me tengan lástima –dijo, haciendo reír a Kara–. Ahora en serio, Kara –dijo frunciendo el ceño y asiéndola por los hombros–: Llevaba mucho tiempo esperando para encontrar a la mujer de mi vida, y me siento como un tonto por haber tardado tanto en darme cuenta de que te tenía a mi lado. No voy a dejar que nadie… ni siquiera tu familia, me haga sentirme culpable o avergonzado de las circunstancias que nos han unido –le dijo con pasión.

Sus palabras conmovieron a Kara y sintió que los nervios se le desvanecían. Sonriendo, tomó su rostro entre ambas manos y le preguntó:

–¿Te he dicho ya lo mucho que te quiero?

Los rasgos de Eli se suavizaron, y le guiñó un ojo.

–Recuerdo haberte oído diciendo algo parecido

esta mañana, cuando estabas encima de mí, cabalgando como si fuera un...

Ella se puso roja como una amapola y lo calló plantándole una mano en la boca.

–¡Eli! –lo increpó, haciendo lo posible por ignorar el brillo travieso en sus ojos castaños. Se puso seria y le dijo en un tono quedo–: Te quiero muchísimo, y yo tampoco me avergüenzo de nada. Pero ojalá me hubiese atrevido hace años a decirte que me gustabas.

Eli le quitó la fuente de las manos y la sostuvo a un lado para darle un abrazo y un beso en los labios.

–No te preocupes –susurró contra su boca–. Recuperaremos el tiempo perdido cuando estemos casados; te lo prometo. Y ahora vamos dentro antes de que te entren los nervios de nuevo –dijo haciéndola girarse y dándole un empujoncito.

Kara obedeció y abrió la puerta. Cuando entraron, Eli apenas había cerrado tras ellos cuando apareció Laurel, casi como si hubiera estado escondida tras una esquina, esperando para abalanzarse sobre ellos.

–Hombre, al fin llegáis –dijo con un suspiro, y puso los ojos en blanco y arrojó los brazos al aire–. Estaba a punto de enviar una partida de búsqueda a por vosotros.

–No hemos llegado tan tarde –protestó Kara.

–No, pero Matt y Susannah están en Georgia con Flynn, y mamá estaba preocupándose de que vosotros tampoco ibais a venir.

–Pero si le dije que vendríamos… Hasta he traído buñuelos de manzana –dijo Kara quitándole a Eli la fuente para mostrársela a su hermana.

Laurel asintió y miró a Eli antes de mirarla a ella de nuevo con una sonrisa traviesa.

–Bueno… doy por supuesto que habéis solucionado las cosas entre vosotros –dijo sin preocuparse por ser más sutil.

–Sí, todo bien –zanjó Kara, pero al pasar junto a ella hacia el comedor le dijo moviendo solo los labios: «Luego te cuento».

En el comedor la larga mesa de caoba ya estaba dispuesta con humeantes fuentes y bandejas de comida que despedían un aroma delicioso y tenían aún mejor aspecto.

–¡Kara! –exclamó su madre, que estaba sentada en la cabecera. Se levantó de inmediato y fue a darle un abrazo–. ¡Cuánto me alegro de que hayas podido venir! Y Eli también… –añadió antes de sonreírle y darle un abrazo también–. Llegáis justo a tiempo. Estábamos a punto de bendecir la mesa, pero no queríamos empezar sin vosotros.

–No nos habríamos perdido la cena de hoy por nada del mundo –le aseguró Kara.

Su hermano R. J. y Brooke, su prometida desde hacía menos de un mes, ya estaban allí, sentados a la mesa, igual que su otra hermana, Lily, y su marido, Daniel. Cuando se acercaron se levantaron para saludarlos.

Cuando se hubieron sentado todos y hubieron bendecido la mesa, las fuentes fueron pasando de mano en mano hasta que todos se hubieron servido, y mientras empezaban a comer charlaron de los acontecimientos de los últimos meses: de que le hubieran retirado los cargos a su madre, de que Lily y Daniel estaban esperando una niña, del reciente compromiso de R. J. y Brooke... No sabían si celebrar una fiesta para anunciarlo, o empezar directamente a planear la boda.

El consenso general fue, por supuesto, que Kara debía ser quien les ayudara a planear el evento por el que se decidieran finalmente, y ella respondió que estaría encantada de hacerlo. Pero ya que había salido el tema de la boda de R. J. y Brooke, no podía permanecer callada por más tiempo. Eli había dicho que no le importaría esperar para decirle a su familia que se habían comprometido, e incluso estaba dispuesto a posponer la boda si ella lo creía necesario, pero no era lo que ella quería.

Por suerte no se habían fijado en el anillo de compromiso, aunque también era cierto que llevaba media cena escondiendo la mano en su regazo, bajo la mesa.

Tragó el bocado que tenía en la boca, bebió un sorbo de té, y se aclaró la garganta para que le prestaran atención.

—En realidad —comenzó a decirles, tomando la mano de Eli bajo la mesa—, la verdad es que Eli y yo también tenemos una noticia que daros.

Todos se callaron y se quedaron mirándolos.

—Eli me ha pedido que me case con él y le he dicho que sí. Y no solo eso —se apresuró a añadir antes de que el gemido de sorpresa de todos se convirtiese en una batería de preguntas–; también hemos decidido que vamos a aprovechar los preparativos que ya estaban hechos para su boda con Laurel y vamos a casarnos el fin de semana que viene, así que espero que no hayáis hecho otros planes.

Cuando terminó de hablar se armó un jolgorio importante. Las mujeres empezaron a dar gritos de entusiasmo –sobre todo al ver el anillo–, y se pusieron a hablar todas a la vez. Los hombres se levantaron y rodearon la mesa para darle a Eli una palmada en la espalda y estrecharle la mano.

En solo cuestión de minutos Kara estaba preguntándose por qué se había preocupado tanto con lo de decírselo a su familia. Todos se habían mostrado felices por ellos y les habían dado su apoyo y sus bendiciones. Eran maravillosos.

Sabía que más tarde habría preguntas, muchas preguntas, lo cual era comprensible cuando Eli había estado comprometido con Kara hasta hacía unas semanas, y cuando él y ella se habían conocido toda la vida pero él nunca había parecido estar interesado en ella. Sin embargo, de entrada su familia había aceptado que ya era adulta y que sin duda sabía lo que quería y que no habría tomado aquella decisión a la ligera.

Su madre insistió en que aquello había que celebrarlo, y se llevó a Lily y a Brooke a la cocina. Kara no sabía si volverían con copas y una botella de champán, o simplemente café y sus buñuelos de manzana.

Aprovechando su ausencia, y que Eli seguía hablando con R. J. y con Daniel, llevó a Laurel aparte. Había algo que seguía teniéndola intranquila: que su hermana aún sintiese algo por Eli a pesar de que le había asegurado lo contrario.

Quería creerla, pero… ¿cómo podría ninguna mujer no enamorarse perdidamente de Eli? ¿Cómo podía haber estado a punto de casarse con él, y ahora de repente mostrarse contenta con que fuese a pasar el resto de su vida con otra persona?

Ella habría sido incapaz de hacer algo así ahora que le había entregado a Eli su corazón.

−¿Estás bien? ¿Seguro que no te importa que vayamos a casarnos? −le preguntó en voz baja.

Laurel se rio.

−Por supuesto que no me importa. ¡Ay, Kara!, ¡estoy feliz por ti! −dijo dándole un abrazo−. Lo mío con Eli estaba destinado a fracasar, pero no hay más que verte con él para saber que estáis hechos el uno para el otro.

A Kara se le hizo un nudo de emoción en la garganta y tuvo que pestañear para contener las lágrimas.

−Gracias, Laurel. Le quiero tanto…

Su hermana sonrió.

−Pero tengo una pregunta −dijo ladeando la cabeza−: Ya que vais a aprovechar la mayor parte de los preparativos de la que iba a ser mi boda con Eli… y me parece una idea estupenda, así que ni se te ocurra sentirte culpable… ¿podría ser tu dama de honor? Al fin y al cabo tú ibas a ser la mía, así que sería lo justo.

–¡Oh, sí, claro que sí, me encantaría! –exclamó Kara dándole un abrazo–. Y mamá podrá asistir a la boda ahora que han retirado los cargos, gracias a Dios.

–¿Sabes? Todo esto me ha enseñado que debo arriesgarme un poco más si quiero ser feliz. Estuve a punto de casarme con Eli porque era lo fácil, lo cómodo. Tengo que ser más aventurera y no conformarme; tengo que sacarle el jugo a la vida en vez de dejar pasar día tras días.

–Bueno, a mí me parece bien lo de arriesgarse, pero no vayas a hacer locuras, ¿eh? –respondió Kara con una sonrisa.

Laurel se rio.

–Nada de locuras –le prometió–. Es solo que quiero darle un poco de color a mi vida.

En ese momento regresaron su madre, Lily y Brooke con copas y champán, pero también con café y los buñuelos de Kara. Su madre también traía el teléfono inalámbrico para que llamaran a Matthew para darle la buena noticia.

Poco después de hablar con su hermano Kara sintió que los fuertes brazos de Eli la rodeaban por detrás, atrayéndola hacia él. Sonrió, y se apoyó en su prometido con un suspiro de dicha.

–¿Ves como tenía razón en que no tenías que estar nerviosa? –le dijo Eli.

–Tenías razón –admitió ella, girándose hacia él–. A partir de ahora te escucharé y confiaré en tu inmensa sabiduría.

Eli se rio.

–Veremos cuánto te duran esas buenas intencio-

185

nes –bromeó–. Me apuesto a que no llegarán mucho más allá de la luna de miel.

Kara protestó poniendo un mohín, pero él la besó en la frente.

–Y hablando de la luna de miel –le dijo Eli–. ¿Has pensado dónde te gustaría que fuéramos?

–La verdad es que ha sido todo tan rápido que ni me había acordado de eso. Podríamos volver a Seabrook Island.

Eli la tomó de la barbilla y la miró a los ojos.

–No es que no esté orgulloso de Ocean Breezes, pero por culpa de lo que ocurrió allí casi te pierdo. Creo que deberíamos escoger otro sitio –una sonrisa traviesa asomó a sus labios–. Podríamos ir a algún sitio que desate la libido –le dijo en un susurro–. Como la riviera francesa, o las islas griegas, o la costa de España…

A Kara cada una de aquellas sugerencias le parecía mejor que la otra. Ya estaba imaginándoselos a los dos en cualquiera de esos lugares, y las imágenes que acudieron a su mente no podían ser más románticas ni más sensuales.

–Cualquiera de esos sitios sería maravilloso –murmuró–. Aunque no sé si deberíamos irnos muy lejos cuando el asesino de mi padre aún anda suelto por ahí y apenas acaban de retirarle los cargos a mi madre.

Eli la tomó de ambas manos y entrelazó sus dedos con los de ella.

–Entonces esperaremos al momento adecuado. Iremos cuando tú quieras y donde tú quieras.

–Gracias –Kara se puso de puntillas y lo besó, preguntándose cómo podía haber tenido la suerte de haber encontrado a un hombre tan maravilloso.

Apartándose un poco le lanzó una mirada felina y le susurró:

–La verdad es que ahora mismo lo que menos me apetece es comerme un buñuelo, pero si te tomas uno a medias conmigo y nos tomamos una copa de champán con eso haremos feliz a mamá. Y luego pensaré alguna excusa para salir de aquí y que me puedas llevar a casa a hacer travesuras. ¿Qué le parece, señor Houghton?

Eli la miró de un modo tan ardiente que, si hubiera tenido superpoderes, podría haberla desnuda allí mismo reduciendo su ropa a cenizas.

–Mejor que una luna de miel, futura señora Houghton –respondió él.

Aquello de «señor Houghton» y «futura señora Houghton» se había convertido en una broma entre ellos, pero Kara esta impaciente por que por fin fueran marido y mujer.

Eli levantó el brazo para mirar su reloj.

–Una hora contando a partir de ahora. Si para entonces no te has despedido de tu familia te echaré sobre mi hombro como si fuera un cavernícola y te sacaré de aquí –bromeó.

Kara se rio, y poniéndose de puntillas le susurró al oído:

–Como sigas mirándome de esa manera a lo mejor dejo que pase un poco más de la hora a propósito para que lo hagas.

Eli gruñó como un cavernícola y la besó en el cuello, haciéndola reír de nuevo.

No le cabía ya la menor duda de que Eli era el hombre de su vida. Le había llevado tiempo darse cuenta y reunir el valor para reclamar su amor, pero ahora que era suyo... no lo iba a dejar escapar jamás.

En el Deseo titulado
Un baile con el jeque,
de Tessa Radley,
podrás continuar la serie
LOS KINCAID